夜が地上に降りるまで

風吹のどか

FUBUKI Nodoka

文芸社

屋上に続くドアを開ける。

ひんやりとした空気が押し寄せてくる。

夜の帳(とばり)が沈みきった太陽の光を押し潰していく。

もうすぐ、夜が地上に降りてくる。

この街で一番高いビルの屋上から見る世界は、広くどこまでも続いているようだ。

三百六十度の地平が周(まわ)りを取り巻く。夜が始まる前の街の喧騒(けんそう)が遠い。

もくじ

令和四年十月

♠

ぼくが、そのメールを見たのは全くの偶然だった。

先週末で仕事が一段落し、三連休の翌日に久し振りに年休をとった。少しまとまった休暇となったが、どこかに遠出をする予定があったわけではない。ワーク・ライフ・バランス――仕事と生活を両立させて、人生を豊かにする。国の主導で始まった働き方改革のスローガン。そもそもは男性に休みをとらせて、家事や育児に参加させることで男女共同参画の実現を図ることを目的としたもののはずだった。それがいつからか数値目標化され、休暇をとること自体が目的となっていた。仕事をしつつ休暇はしっかりとる、その上で部下にも休暇をとらせる。それが上司の評価基準となっていた。確かに仕事をバリバリとこなし、休暇を思い切り楽しむ。そんなテレビドラマの主人公のような生活にあこがれはするが、それが現実になるとはとても思えないし、そもそも休暇をとっても仕事のことがいつも頭の片隅にあるぼくは、そんな生活に馴染(なじ)めないだろう。

「公務員は休まずに出勤さえしていればいい」採用された時、上司からそう言われたことは、もう遠い昔の話となっている。休むことは周りに迷惑をかける悪いことだという意識を植えつけられていたぼくたちの世代に比べ、今の若い子たちは休むことは権利であって、罪悪感の対象とはならないようだ。休暇明けに「お休みありがとうございました」と、周りに挨拶する姿はめっきり見なくなった。これからは仕事の合間に休みをとるのではなく、休みの合間に仕事をするようになるのだろう。それでも、古い世代のぼくにとって、まだ休暇をとることは職務上課された義務だった。

そもそも休んだからといって、その間に仕事が片付いているわけではない。それどころか、スマートフォンが休暇中のぼくを呼び出す。休暇と言っても気が休まることはない。まるで休暇という名の在宅勤務と言える。

この連休中は、買ったまま読まずにいた本を読むだけの毎日だった。幸いにスマートフォンがぼくを呼び出すこともなく、完全なオフの時間となった。疲れが完全にとれたわけではないが、それなりにリフレッシュはできた。年齢とは正直なもので、五十五歳ともなると、そろそろ体が連日の勤務についていかなくなりかけている。金曜日の夕方に感じる疲れは、若い頃に比べてはるかに大きくなった。二十代の頃のように金曜日の夜、仕事が終わったあとに街へ飲みに出かけるような気力は、もうない。徹夜などしようものなら、翌日はへとへとで仕事にならない。眠りが浅くなったのか、夜中に目を覚ますことが多くなった。もう無理はしない方がよい、いや、もう無理はできないと思う。

残りの公務員生活をどう過ごそうかと考えていた矢先の昨年度末、定年の延長が決まり、あと五年のはずがあと十年となった。この五年は大きい。なんとかたどりついたゴールテープが、突然はるか彼方に遠ざかっていく、そんな感じだ。しかも六十歳で管理職は終わりだという。六十一歳からは後輩の育成に努めてほしいというのが人事課の意向だった。不景気時に新規採用を絞ったことで、中堅職員が不足している。それが人材不足というつけとなってこんなところにも現れている。しばらくは、六十一歳からの五年間をどう過ごすかが、悩みの種になりそうだった。天下りはもう昔の話。退職者用の人材バンクに登録して、経験を活かすことのできない職場で、飾りだけのポストについて、プロパー相手に馴染みのない仕事をするのか、かつての部下の下で半額近い給料で働くのか――。日々業務システムが更新される中、今、部下がやっている仕事が自分にできるかと言うと、自信は全くない。まだ五年あると思うが、あと五年しかないとも思う。いろんな意味で、妻とこれからのことを真剣に話し合わなければいけない時期にきていた。

休日明け、机の上に乱雑に置かれた決裁の山を片付け、パソコンでメールの確認をしたあと、所属宛のメールを流し読みしていた時、そのメールが目にとまった。

――退職者の訃報。

退職者が亡くなった場合、退職時の所属が訃報を流す決まりとなっていた。

――元西部地方事務所長　山下義弘氏。

添付ファイルを開く。通夜は明日夜七時から、告別式は明後日午前十一時。葬儀は親族のみで行うので、香典等は堅く辞退する旨が記載されている。

亡くなったのは一昨日の朝。享年八十歳。

あれからもう三十年になる——。

山下所長は、当時はまだ課長で、ぼくの上司であり、ぼくと妻の仲人でもあった。

すらりとした体型で、髪に白いものが交じっているものの、年齢より十歳は若く見えた。眼鏡の奥の瞳はいつも笑みを湛えていたが、仕事には厳しく、ミスをするたびに叱られた。にこやかな顔で、理詰めに叱られるのだから結構堪えた覚えがある。しかし、不思議と叱責されたという感覚はなく、ミスの原因はどこにあるのか、次から何に注意すればいいのかをアドバイスされているような感じだった。厳しかったが、最後はなんとかしてくれるという安心感がある、頼りがいのある上司だった。

あの時の課長の年齢をぼくは既に越えている。今のぼくは、お腹のたるみは気になるし、薄くなりかけた髪が心配の種となっている。仕事だけでなく、体型でもまだ課長に及ばない。

スマートフォンを手にすると、妻にメールを送る。

——山下さんが亡くなった。

しばらくして妻から返信が届く。今日は仕事がなかったはずだから、自宅にいたのだろう。

——どうして？

妻から送られてきた文字。ぼくはしばらくその文字の意味を図りかねていた。

いつ？　ではないのか。

心がざわざわする。

だが深くは考えずに、訃報の死因欄を確認する。

急性心不全。

当たり障りのない言葉が並んでいる。ぼくはそのままメールする。

――そう。

妻からの返信はあっさりしたものだったが、ため息が交じっているような気がした。

――通夜は明日七時から。顔を出したいけど、どうする？

――私も行く。

すぐ返信が来た。まるで待ち構えていたかのようだった。

――了解。

ぼくは、訃報をプリントアウトした。

♡

とりたてて予定もない一日。淹れ立てのコーヒーを手に、お気に入りの小説を読みながら、休日のひとときを楽しむ。そんな一日が待っているはずだった。週四日勤務の一般職非常勤職員、平日に一日、私には休みがある。

　県庁を退職し、十年ほどした時に友人に誘われて県の地方事務所のアルバイトをするようになった。その後、非常勤職員として働くようになって十二年。今年度は三年ごとの任期の最終年度だった。仕事に不満があるわけではないが、来年度以降も、このまま仕事を続けようかどうか迷っている。二人の子供は独り立ちして、私の手から離れている。一つ年上の夫は県庁に勤務していて、定年まで働くつもりみたいだ。私も夫も両親はまだ健在で、今のところ介護の問題もなく、家計的にはなんら問題はない。園芸でも趣味にして楽しみたいという気もあるが、毎日、家で夫の帰りを待つ生活は、今一つ魅力が感じられない。もっと他にやることがあるような気もするが、それがなんなのかははっきりとしない。

　ダイニングの椅子に座り、ペンギンの絵柄のマグカップをテーブルに置く。淹れ立てのコーヒーの香りが気持ちを落ち着かせる。結婚する前、夫と行った水族館のミュージアムショップで購入したペアのカップだった。そろいで購入したものはいろいろあったが、ほとんどは片方が欠けてしまっている。そんな中で、不思議とこのカップだけは毀れることなく、私も夫もまだ使い続けている。

　ダイニングに続くリビング。家族の記憶を刻んだ空間も今では整然と片付いた無味乾燥の場所となっていた。薄曇りの空から差し込む日差しで、室内はうっすらと明るい。レースのカーテンをゆらゆら揺らして心地よい風が吹き込んでくる。風に乗って隣の公園で遊ぶ子供たちの声が聞こえてきた。

今年は十月初めまで夏の大気が本州に居座り、暑い日が続いていた。秋は本当に来るのだろうか。そんなことを心配したくらいだった。ところが先週末頃から気温が一気に下がった。季節は一か月以上進み、秋を通り越して一気に冬になったような肌寒さとなった。昨日は、出勤前に慌ててタンスの奥から冬物の服を出したくらいだ。扇風機をしまう前にストーブを出そうか、などと考えもした。天気予報によると、今日は平年並みの気温に戻るらしい。ストーブを出すのはもう少しあとにすることにしよう。

季節はようやく落ち着きを取り戻しかけている。

窓の外に目をやったまま、何をするのでもなく、ぼんやりと時の流れに身を任せる。私はこのアンニュイなひとときが好きだ。

築三十年。結婚と同時に購入した一戸建て。実家の親が勧めてくれた物件で、私も夫もすぐに気に入ったのだったが、夫の親は嫁の実家に近いという理由だけで難色を示した。それを夫は説得してくれた。二人で暮らし始め、家族が三人、四人となり、狭いと感じたこの家も、子供たちが一人二人と去り賑やかさが消えると、買った時以上に広さが気になるようになった。白さがまぶしかったリビングの壁紙にはところどころ雨漏りのあとのような染みがある。それがいつついたものなのか、もう覚えていない。

コーヒーを口に含む。ほどよい苦みが口に広がる。読みかけの文庫本に手を伸ばそうとした時、テーブルの上のスマートフォンが小刻みに震えた。見ると夫からメールが届いている。

こんな時間に何かしら？

ざわざわした感じがする。

画面に夫からのメッセージが表示される。

〈山下さんが亡くなった。〉

そこに書かれた文字が、私の頭にはすぐに入ってこなかった。その名前が、課長のことだということを理解するまでに、少し時間が必要だった。

＊

山下課長は私が採用された時、新任課長として赴任してきた。父とほぼ変わらぬ年齢の異性。短大時代、アルバイトもほとんどしたことのなかった私にとっては、同年代の者で構成された社会が自分を取り巻く全世界だった。だから課長は異世界の人物で、どう接してよいのか分からない〝もの〟だった。

先輩女性職員から最初に教えられたのが、朝は早めに出勤して、課内の全職員の机を拭くことと、男性職員にお茶を淹れることだった。湯飲みはそれぞれ個人持ちのものだったから、まず、誰の湯飲みなのかを覚える必要があった。帰りは帰りで、湯飲みと灰皿を集め、洗って片付けるという仕事が与えられていた。副流煙の健康への影響が言われ始めていたが、男性職員の八割以上が煙草を吸い、壁には煙草の匂いが染みついていた。父が煙草を吸っていたので匂いには慣れているはずだったが、それでも一日中、煙に囲まれると頭がくらくらした。

　湯飲みと灰皿の片付けは当番制で、週に二回ほど回ってくる。男性職員がやることもあったが採用一年目だけで、二年目からは免除されていた。一方で女性職員は何年経っても免除されることはなかった。女性職員がこうした仕事をすることが当たり前と思われていた時代で、誰もそのことに疑問を持たなかった。結婚後も勤め続ける女性が多かったこともあり、公務員は女性の割合が比較的高かったが、それでも男性社会であることには変わりなく、四大卒ならともかく、高卒・短大卒の女性の新規採用職員など、お茶くみのアルバイト程度でしかない、そんな雰囲気があった。

「ありがとう」

　初めての給料日の朝、湯飲みを置くと課長は目を通していた新聞から顔を上げて言った。課長は煙草を吸わない。奥さんに言われてやめたと聞いたことがある。

「今日は給料日だね。楽しみだね。親御さんに何か買ってあげるの？」

「いえ、特に……」

　そう言えば、今日家を出てくる時、母がにやにやしながら「今日は給料日だよね」と言っていた。その意味にようやく気が付いた。

「初月給だから、何か買ってあげたらいいよ。たいしたものでなくても喜んでくれると思うよ」

　母の顔が頭をよぎる。手ぶらで帰ったらなんと言われるか分からない。

母の好物の和泉屋のケーキでも買って帰ることにしよう。

「今日、庶務は忙しいからね。大変だけど頑張ってね。ところで、林さん。もう仕事、慣れた?」

「そう……します」

「ええ。なんとか……」

そう応えたものの、まだ毎日が緊張の連続だった。当時は新規採用者向けの研修はあったものの、通り一遍の座学で、人材育成という意識はなく、仕事は職場で先輩を見ながら覚えるという感覚が根強く残っていた。

「言っておくけど、これは君の本当の仕事じゃないよ」課長は自分の前に置かれた湯飲みに目をやる。「本当の仕事の方は覚えた?」

本当の仕事——?

採用されてまだ半月しか経っていない私には、課長の言っていることがよく分からなかった。毎日、雑用みたいな仕事をしている私に、本当の仕事なんてあったのだろうか? そもそも母に公務員くらいがいいと言われ、たまたま県の採用試験に受かっただけで、これと言ってやりたい仕事があって公務員になったわけではなかった。

戸惑っている私を見て、課長は困ったような表情をした。そんな表情を見ているうちに、こちらもなんだか悪いことをしているような気になってくる。

「伴野(ばんの)くん」課長が声をかける。「林さんに担当業務まだ教えていなかったの?」

「いえ、そんなことは……」

伴野主査が席から振り返って応える。かつては係長と呼ばれていたが、職制変更で主査という名称に変わったということだった。主査の下に主事が四人、それが私がいる庶務担当のメンバーだった。

ちらりと伴野主査が私の方を見る。黒縁眼鏡の奥の目は笑っていない。

まずい——。

「すみません。主査から聞いていたんですが、すぐにピンとこなくて」

慌てて取り繕う。実際、事務分担表は渡されていた。内容についての説明もあったはずだが、理解しきれていなかった。お役所言葉は外国語以上に難解だった。それより何より、周りから言われたことを、何も考えることなく、はい、はいと言ってやることに慣れ始めてもいた。

「そう。事務分担表に書いてあることは難しいから、すぐに分からないのかな……」

課長は自分の引き出しから事務分担表を取り出すと、私の分担業務について説明を始めた。私はと言えば、課長の前に立ち尽くしたまま、どう接したらいいのか分からない〝もの〟が放つ言葉をぼんやりと聞いていた。「これだと難しいいか」「こっちの方がいいか」と、ぶつぶつ独り言をつぶやきながら、一生懸命に分かりやすい言葉を探して説明しようとする課長の姿を見ているうちに、おかしさが込み上げてきた。

「分かったかな？」

「えっ。あっ。はい」

実際にはさっぱり分からなかったが、とりあえず明るく応える。課長はにっこりして、

「ならよかった。しっかりやってください」と言った。

それが私にとって、〝もの〟が上司に変わった瞬間だった。

その日は課長に言われたとおり、大忙しの一日となった。給料を銀行振り込みにする職員もいたが、現金でもらう職員もかなりいた。始業と同時に先輩職員と二人で銀行に向かう。窓口であらかじめ依頼していた金額を受け取る。給料は切りのいい数字とは限らないので、小銭がかなりある。硬貨で重くなった鞄を抱え、事務所に戻る。過去に銀行から歩いて戻るところでひったくりにあったことがあったとかで、近くでも銀行への往復は公用車を使うことになっていた。会議室で給与明細を見ながら職員ごとに金額を確認し、給与封筒に現金を入れていく。間違いがあっては大変なので神経を使う作業だ。昼少し前になってようやく職員に給与封筒を配り終えた。

席に戻り、ふうとひと息ついていると、「お疲れさま。大変だったね」と、課長から声をかけられた。「みんなが口座振替にしてくれると楽になるのだけどね」そう言って、課長は明細書を取り出すと、空になった封筒を戻してくれた。

「四月から一か月、いつも朝、女子職員がお茶を淹れてくれているけど、明日から、お茶は自分で淹れるように。湯飲みの後片付けも自分でするように。それと、机の周りは自分

で掃除するようにしてください」

　五月の連休明けの朝礼で、課長は突然言い出した。事前に話を聞いていたのか、二人の課長補佐は頷いていたが、男性職員、特に若い職員の顔には不満の色が見えた。女性職員の中にも、どういうことなの？　といった戸惑いの色があった。

「いきなりこんな話をしてびっくりしたかもしれないけど、私は自分なりのお茶の淹れ方があります。今まで我慢していたけど、お茶はやっぱり自分が淹れた方がおいしいので、自分で淹れるようにします。みなさんも、その方がいいかと思ったので提案しました」

　課長はそう言って、にっこりと笑った。私に向かって微笑んだようにも見えた。

　その日以後、課長がお茶を淹れる姿を何度か目にしたが、何か特別な淹れ方があるようにはとても見えなかった。

＊

――どうして？

思ったままを返信してしまった。考える間もなく指が動いていた。

夫はどう思っただろうか？

――急性心不全。

しばらくして、夫から返ってきた文字にほっとする。

――そう

文字にため息が交じる。ため息は電波に乗って伝わるのだろうか。

夫は通夜に顔を出したいという。私も行くとすぐ返信する。

どうして……。

立ち上がると、カップを持ち、冷めかけたコーヒーを流しに捨てた。カップのペンギンが悲しんでいるように見えた。

♠

通夜の会場に向かう車の中、ぼくと妻の間には、カーステレオから流れてくる音楽があるだけだった。平成の恋愛ドラマの主題歌を集めたCD。かつては二人一緒に口ずさんだこともある曲のはずだったが、歌詞が思い出せない。ぼくたちはいつの頃からか、無言でいることに息苦しさを感じなくなっていた。家族みんなで旅行に行けるようにと購入した七人乗りのステーションワゴンは、十年以上経ち、乗るのはぼくと妻だけになっていた。

車窓に広がる空を薄闇が覆っている。刷毛(はけ)で描いたような雲が薄暗い空に影となってたなびいている。太陽は既に地平線の下に隠れていた。十月も半ばを過ぎ、日が暮れるのは随分早くなった。西の地平は遠く、赤く、ほのかに明るい。前方にはテールランプの赤色が長く続いている。西に向かう高速道路は少しずつ混雑し始めていた。

ため息が聞こえたような気がした。

助手席に目をやると、妻はサイドウィンドウ越しに車窓を流れる風景を見ている。フロントガラスから入る光が、背中までまっすぐ伸びた妻の黒髪を照らしながら流れていく。いつもはまとめている髪を、今日はまとめていない。出会った時はショートカットだった髪は、気が付いた時には長くなっていた。いつから妻が髪を伸ばすようになったのか、記憶は定かではない。徐々に変化していくものを認識することは難しいし、それを認識した時は、それが当たり前になっている。

何を見つめ、何を考えているのだろうか……。

ぼくには分からない。妻はいつしかぼくの知らない世界の住人になっていた。

前を走る車のブレーキランプが赤く点灯する。見る見るうちに車間が詰まる。アクセルを緩める。それでも車間は詰まっていく。バックミラーを見る。後ろを走るトラックとはまだ距離がある。サイドミラーに目をやる。ミラーに映る薄闇の空に月はまだ出ていない。追い越し車線をプリウスが高速で通過する。車列が途切れた。瞬間、ウィンカーを出す。カチカチとウィンカーの音。三秒待って、ハンドルを少し右に切る。同時に軽くアクセルを踏み込む。エンジンの回転が上がる。モーターにはない軽い振動が心地よい。流れるように車線変更する。前を走るプリウスが少し先に見える。緩やかに加速した車は、ナトリウム灯のオレンジ色を置き去りにしていく。

「もうすぐ、夜が地上に降りてくる」

助手席から声がした。透明感のある澄んだ声。ぼくはそんな妻の声が好きだった。

「えっ。何？」

隣に目をやる。ハンドルが少しふらつく。妻は姿勢を変えることなく、黙ったままだった。その姿は、ぼくの問いに応えるつもりはないと言っているようだった。ドライブレコーダーが脇見運転と判断し、警告を発した。

出会った頃のぼくたちは、会話が途切れることはなかった。お互いよくしゃべり、相手の話をよく聞いた。話すことで時間を共有している、話すことがお互いを理解するツールだと信じて疑わなかった。時に一緒に笑い、時に一緒に泣いた。同じ時間を過ごし、同じ風景を見ている二人の世界は同じもののはずだった。だが、時の経過とともに、二人で見ている風景が微妙に食い違うようになった。相手の話に違和感を覚える。聞いているはずなのに言葉が入ってこない。話していることがうまく伝わらない。記憶が食い違う。言った覚えがないことを言ったと言われる。そうしたジレンマが募っていく。ぼくたちにとって、会話は以前ほど楽しいものではなくなっていった。それでも、話すことが二人の関係を続けるために必要なことと思っていた。しかし、子供たちが独り立ちするようになると、会話はぼくたちにとってなくてもよいものになってしまった。「二人きりの時間」、それは最初に戻っただけのはずだったのに、気が付くと、見知らぬ場所にぼくたちはいた。

人生は双六のようだと思う時がある。さいころが出す目に従って進み、マス目に書かれた指示をこなしていく。結婚、出産、育児、昇進――。しかし、ぼくたちがたどり着いたマス目は、「ふりだしに戻る」ではなかった。何も書かれていないマス目に立ち、ぼくたちはどうしていいか分からず、立ち尽くしていた。会話がなくても分かり合える。そんなことは幻想でしかないとお互い気付いているはずだった。同じ時間、同じ風景を見ていても、見ているものが違うということにぼくはようやく気が付いた。この先、ぼくが進もうとしている方向は、必ずしも妻が進もうとしている方向と同じではないだろう。

前に向き直る。わずかに明るさの残る地平に向かって車を走らせる。まるで、そこに出口があるかのように。

通夜の会場は、県西部の県境近くの都市にあった。ぼくたちの住む街から車で一時間程度。カーナビはあと三十分ほどで到着と表示している。大きな渋滞でもなければ、余裕で間に合いそうだ。

＊

かつては神とされた人物が象徴となり、その生を終えると、時代は昭和から平成に変わった。音のないモノクロの年末が嘘のように、新しい時代が進み出した頃、ぼくは地方大学で最終学年を迎えようとしていた。世の中は少し前に始まった好景気に沸き、総理大臣の首と引き替えに導入された消費税も景気拡大に影響はないように思われていた。のちにバブル景気と呼ばれるこの景気拡大は、ぼくたちだけでなく、下の世代にも大きな影響を与えることになる。

――二十四時間戦えますか。

そんなフレーズが街にあふれかえっていた時代だった。

友人たちは次々と一流企業から内定をもらっていた。それは、まるで内定の数を競い合っているかのようだった。彼らは内定の数を誇らしげに語り、内定先からは毎日のように接待を受けていた。誰もが皆、就職する前から自分が金持ちになったと錯覚していた。接待する側も接待される側も自分のものでない金を、あたかも自分のものであるかのように使っていた。湯水のようにお金が湧き、自分の懐にいつも大金があると思い込んでいるようだった。一体どこからそんなお金が湧いてくるのだろか――。そんなことは誰も疑問に思わなかった。そもそも、ぼくたち若者にそんなことを考えろという方に無理があった。土地の値段はとどまるところを知らず上昇し続けた。銀行が潰れ、不動産が売れなくなる時代が来るなんて誰も想像していなかった。

大人たちの熱狂は若者たちを狂わせる。ディスコという名のダンスホールには、連日、ドレスコードをクリアした男女が押しかけた。色とりどりの照明の光が交錯する空間で、肩や肘をぶつけ合いながらユーロビートに合わせ体を揺らす。夜はいつまでも続き、朝はいつまでも来ない。地方都市に「マハラジャ」という都会を象徴する名のディスコが登場するのにそれほど時間はかからなかった。ディスコには一度、友人に連れられていったが、そこはぼくにとって息苦しく、窮屈な空間でしかなかった。

――この先ぼくたちはどこに向かうのだろうか。

学生時代、出歩くことが苦手だったぼくは、狭い下宿でテレビを友達にしていた。スイッチを入れるだけで、ブラウン管の向こうにぼくの知らない世界が広がる。一方的に送りつけられてくる情報。それを鵜呑みにする人々。「テレビが言っていた」という言葉をよく聞いた。それでも、自分の意志で情報を選んでいるようでいて知らぬ間に身の回りに同じ傾向の情報が近寄ってくる、いわば情報に選ばれている今よりはよかったのかもしれない。なんと言ってもテレビは、時間がくれば否応なく次の番組に代わった。

隣の大国では、改革派の指導者が亡くなったことをきっかけに、民主化を求める学生らが首都にある広場に集まってきていた。社会に不穏な空気が漂い始め、知識人たちは若者たちに解散するよう呼びかけたが、彼らはデモ継続を強行した。そして、首都機能が麻痺し、指導者たちは武力行使に踏み切る。テレビは、完全武装した部隊が学生らを追いやっていく様子を流し続けた。

西と東の境では、前の戦争の遺産が崩壊し始めていた。人々が笑顔でハンマーやつるはしでベルリンの壁を壊す映像が繰り返し流された。絶対と思われていた物理的な存在がいともたやすく破壊されていく光景に、ぼくは見とれた。

時代が変わる。これからはいい時代が来る。

そう実感させるものがあった。時代の象徴は常に破壊される運命を背負っているのではないか、そう思った。抑圧されていたと感じる人々は、自由という名の幻想を追い求め、自分を拘束する檻を打ち破り、権力者は我が身の安全を求めて身を潜める。時代は大きく動き始めている。そんな雰囲気が感じられた。

──でも、その先にどんな世界が待ち受けているのだろうか。

確かに時代は動いていたと思う。ただ、ぼくは高揚感を感じながらも、漫然とその流れを見ていただけだったのかもしれなかった。

気が付くと就職先が決まっていないのは、ぼくだけになっていた。

世界が動き出しているのに、この国の学生は目先のことしか考えていない──。

だからといって、ぼくには世界に飛び出していく勇気はなかった。

ぼくが公務員を志望した動機は、社会に疑問を持ったからではなく、安定しているから、確かそんなところだったかと思う。採用面接の席でそう言ったら、面接官から「素直ですね」と、苦笑交じりに返された覚えがある。バブル崩壊を見越していたわけではなく、単に、たまたま受けた試験に合格した、それだけだった。平成二年一月には株価は暴落し始めていたが、経済に疎いぼくに、それがどんな予兆なのか分かるわけがなかった。

あれから三十年以上が過ぎ、時代は平成から令和となった。先日大学の同窓会があった。都合が合わず参加できなかったが、参加した友人から聞いた話では、接待漬けだった友人の多くは、就職した会社にはもういないとのことだった。今どこで何をしているか、消息が分からない者もいるようだった。でも、ぼくはいまだに公務員を続け、「安定」というものを手にしている。ただ、それは人生の「安定」とイコールとは限らなかった。

地方大学で四年間を過ごしたぼくは、平成二年四月、大学卒業と同時に地元に戻り地方公務員生活を始めた。

　県庁に入って、これをやりたいという目的があったわけではなかったが、それでも最初は本庁で勤務するものだと勝手に思い込んでいた。しかし、ふたを開けてみると、ぼくの配属先は県中央部の都市にある地方事務所だった。その時になって初めてぼくは、自分が高校時代を過ごした街に、県の出先機関があることを知った。

　最初の配属先で、ぼくは妻と出会った。妻はぼくより一つ年下で、仕事では先輩だった。

　公務員は序列に厳格である。採用されたばかりのぼくでも、職場での席次は下から二番目だった。ぼくの一年先輩ではあるが、給与号俸が下の彼女は、ぼくの右隣の席にいた。彼女は、そのことを不満に思っていないと言うが、いつも年上のぼくを「くん」付けで呼んだ。

「浅野祐二（ゆうじ）くんね。私、林麻美（あさみ）。よろしく」

　採用日当日、職員の前で自己紹介をし、自分の席に着くと、いきなり声をかけられた。見ると、小ぶりの顔にショートカットの女の子が微笑んでいる。前髪に隠れた眉がどことなく気の強さを感じさせる。二重まぶたの下の瞳は黒く、くりくりとしていて、今にも飛び出してきそうだった。決して美人のたぐいではないが、化粧っ気のない顔は、人を惹きつける雰囲気を持っていた。

「あ、浅野祐二です。お願いします」

　勢いに押されて、ぎこちなく返事をする。ぼくにとって彼女の第一印象は、くりくりとした瞳と、小柄でひたすら元気な女の子というものだった。この時、ぼくは彼女が年下とは思いもしなかった。そんな子がぼくの隣にいた。

公務員生活一日目は、ただひたすら書類を書くだけだった。当時は今のようにパソコンはなく、ぼくに与えられたのは、ブルーブラックのペンと赤のペンだった。職場にある唯一のワープロは感熱式で、記録媒体は3・5インチのフロッピーディスクだった。

「これはサービスだよ」

翌日、出勤簿に判を押して、席に戻ると目の前に湯飲みが置かれた。見ると、林さんが微笑んでいた。

お茶一杯がサービス?

「これは来客用の湯飲みだから、明日からは、自分の湯飲みでお茶淹れてね。湯飲みの片付けは自分でやること。それとみんなサンダル履いているけど、私はぺたぺた歩かれるのは嫌だからね。それから、煙草は吸ってもいいけど、灰皿は自分で片付けてね。分かった?」

それだけ一気に言うと、ぼくの返事を待たず彼女は自分の席に戻る。こうして、ぼくの公務員生活二日目が始まった。

＊

インターチェンジを降りて国道をしばらく走ると、葬儀場が見えてきた。辺り(あた)はもう暗くなっている。車内の時計を見る。開式まで二十分くらい余裕があった。車を駐車場に停める。来客用の駐車場に停まっている車はまばらだった。

ぼくはマスクを手に取り、車を降りる。歩きながらマスクを着ける。息で眼鏡が曇る。助手席のドアが閉まる音がする。妻も降りたようだ。振り向かず、リモコンキーでドアをロックした。そこで、妻の足音が追ってこないことに気付いた。立ち止まり、振り返る。

街路灯のぼんやりとした灯りの中で、妻の目元が緩んだのが分かった。

「待ってくれていたんだ」

妻が駆け寄ってくる。ぼくが差し出した右手を取ろうとする。でも、ぼくはとっさに手を引いてしまった。

♡

車を降りると、夫は私のことなど忘れたかのようにすたすたと歩いていく。私が車を降りドアを閉めると、夫が振り向きもせずにリモコンキーでドアをロックする。

ガチャと大きな音がして、ステーションワゴンのサイドランプが点滅し、ロックがかかる。人を拒絶するようなこの音が、私はいまだに好きになれない。

この車には思い出がある。子供たち――知己(ともき)と奈津実(なつみ)をセカンドシートに乗せ、夫が運転する車の助手席に私が座る。これから家族みんなで行くところはとっても楽しいところ。

みんな笑顔だ。でも、そんな光景はもう昔のことになってしまった。

——ああ、また置いていかれる。

そう思うと足がすくんだ。前を見ると、数歩先で夫が立ち止まり、こちらを向いている。いつも夫は先に行く。つきあっていた頃は手をつないで歩いたこともあったが、結婚後はいつも夫の後ろについていくばかりだった。夫の歩幅と私の歩幅は違う。夫のペースと私のペースは違う。夫はそのことに気付かない。だから、私は夫の背中ばかり見て、いつも小走りで夫を追いかける。前のように夫と手をつないで歩きたかった。でも、私はいつも小走りで追いかけるだけ——。

「待ってくれていたんだ」

「あっ。えっ——」

マスク越しではあったが、夫が戸惑っているのが分かる。

「ありがとう」

私は夫に駆け寄り、夫の手を取ろうとする。その先で夫の手がするりと抜ける。遠ざかる手、その手に私の手は届かない——。

「ごめん」

夫が困ったような顔をする。夫は困るといつもこの顔をする。

ずるい……。

初めて見た時から私はこの顔が好きだった。でも、夫は私の気持ちなど知らない。

――困らせてしまった。

ちょっとした罪悪感。困った夫の顔を見ると、いつも自分を責めてしまう。自分でも矛盾していると思う。

「ううん。いいの」

夫の顔から視線をそらす。

夫婦とはいえ、さすがに通夜の席に手をつないで入ることは難しいかな――。

そう自分を納得させる。

私は夫の手が好きだ。指が短く、いかにも不器用そうな手は、赤ちゃんの手のようだった。「かわいい」そんな表現が似合う手は、いつもあたたかく私の手を包んでくれた。以前、私が「かわいい手ね」と言った時、自分の手を見て、「よく言われるけど、自分では子供の手みたいで、しかも、不器用そのものといった感じで、今一つ好きじゃないんだ。それにこの手じゃ、ボールが挟めなくて、フォークボールを投げられない」と夫は応えた。その時は、ピッチャーなんてできもしないのだから、フォークボールを投げられなくてもいいじゃないと思った覚えがある。

でも、その手は今、私から遠いところにある。

「入ろうか」

夫の手はいつの間にかポケットの中にあった。

「そうね」

そう言って、私は夫のあとに続いた。

検温と消毒を済ませ、式場の入り口で弔問カードを記入する。故人との関係欄は少し迷ってから「その他」に丸を付ける。先に記入を終えた夫が手を差し出す。自分のカードを夫に渡す。夫は私のカードをちらりと見て、自分のものと一緒に受付に出す。

関係欄を見て、夫はどう思ったのだろう？

夫は「勤務先」を選択しているはずだ。私も「勤務先」を選択したかった。でも、そうできなかった。私と課長との関係をその一言で片付けてしまうことに抵抗があった。

こぢんまりとした祭壇だった。中央の写真の中の課長はあの時のままだった。最後に課長に会った時に見せてくれた笑顔、それが今そこにある。

左右に飾られた献花は個人からのものばかりで、勤務先関係はなかった。退職するとこんなものなのかと思うと、なんとなく悲しかった。

家族葬ということだったが、親族以外の弔問客もちらほら見えた。見覚えのある顔もある。それでも全体で二十名程度。課長を見送るには少し寂しい気がした。かつては退職者であっても、本人の葬儀には多くの職員が参列者したものだった。職員の不幸には所属全体で対応していたし、私も職員の家族の葬儀の手伝いに何度か駆り出されたことがある。しかし、十年くらい前から、服務上の取り扱いが厳しくなり、職員の参列はめっきり減るようになった。葬儀自体も親族だけで行う習慣が広まり、数年前からの感染症拡大がその傾向に拍車をかけていた。お世話になった人を見送ることなく、亡くなったという事実だけをあとになって知らされることは、なんとなく寂しかった。

喪主席で、白髪の女性が弔問客からの挨拶を受けていた。かすかに見覚えがある。課長の奥さんの葬儀の際に紹介された妹さんのようだ。ほっそりとした体型は課長とよく似ていた。祭壇向かって右側の親族席には、二夫婦とその子供たちが座っていた。幼稚園の制服を着た女の子が、不安そうにきょろきょろと周りを見回している。母親らしき女性が喪主席の女性にちらりと視線をやり、子供に声をかける。「いい子にして座っているのよ」そう言ったみたいだ。

言われた女の子は、両手を膝に乗せ前を向く。

おばあちゃん、躾に厳しいのだろうな。

みのりよりは少し上かな。私は娘の子を思い出す。今年四歳になるはずの孫を、私は写真で一度見ただけだった。娘の奈津実はまだ私を恨んでいる。恐らく一生許してはくれないだろう。奈津実は孫が生まれたことすら私には教えてくれなかった。一歳の誕生日に夫のところに送られてきたメールで、初めて私は孫の名前を知った。ケーキの前で笑っている女の子の写真が添えられたメール――。

――みのりって言うんだって。かわいいね。奈津実に似たのかな。

スマートフォンの画面に写し出される写真を見せながらうれしそうに話す夫は、孫にでれでれのおじいちゃんでしかなかった。確かに目鼻立ちは小さい頃の奈津実によく似ていた。夫がその写真を私に見せたのは、単なる気まぐれだったのか、奈津実との約束を忘れるくらいうれしかったからなのかは分からない。本来は私が目にすることのなかったはずの初孫の写真。本来は私たち夫婦から祝福されるべきはずの存在。それは電子機器の小さな画面の中にいた。その時、初めて夫が私に隠れて奈津実と連絡をとっていたことを知ったが、私はそのことで夫を責めることをしなかった。

あの時、夫は奈津実の味方をした。狂ったようにわめき散らす私を、夫は奈津実と一緒に哀れむかのように見ていた。その視線が私を暗い闇に導くことになったことを夫は知らない。

奈津実は小さい頃からお父さん子だった。隙を見つけては夫の膝の間に入り込む。そこが奈津実の指定席だった。「パパ」と呼んでいた奈津実は、いつからか「お父さん」と呼ぶようになった。でも、私は「ママ」のままだった。思春期の娘にとって、いつまでも「パパ」と呼ぶことに対して気恥ずかしい思いがあったのかもしれない。いつ頃からか、私は娘が夫をお父さんと呼ぶ声に、異性に対する意識が含まれているように思えるようになった。夫は恐らくそのことに気付いていない。娘に対する嫉妬が、いつしか澱のように私の中に蓄積されていった。夫と奈津実の好みはよく似ていた。好きな本、テレビの番組、音楽……。夫と奈津実はいつも楽しそうに話をする。私はその話題に入っていけない。疎外感が私をさいなむようになった。

その後も奈津実は夫と時々連絡をとっていたようだったが、夫は内容を教えてくれようとはしなかった。あの写真を見た日以後、二人の間で奈津実のことが話題となることはなかった。

「思ったより参列者が少ないね。所長はお子さんがいなかったからかな」

受付を終えた夫が隣に立って言う。

「そうね……」

「最後に所長に会ったのって、いつだった？」

「奥さんの葬儀の時。知己が一歳の時」

すっと言葉が出てきた。すぐ応えた私に、夫がよくそんなことまで覚えていると驚いた表情をした。仕事で会っていなければ、夫が課長と会ったのは、その日が最後のはずだった。

課長の奥さんはもともと心臓に病気を抱えており、私たちが結婚した翌々年、亡くなられた。私は結婚した翌年に生まれた知己を実家に預け、夫と二人で、今日のように通夜式に参列した。

「そうか。もう、二十八年も前のことになるのか」夫が祭壇の写真に視線をやって言う。

「それにしても、よく覚えていたね」

「知己をどこに預けようと悩んだ覚えがあったから……」

とっさに言い訳をする。自分でも思う、嘘がうまくなったと。

「そんなことがあったんだ」

それ以上、夫は何も言わなかった。

*

私は夫に黙って課長に会っている。

その電話があったのは、やっとのことで知己を寝かしつけた時だった。だから、なんでこんな時に……という気持ちが強かった。幸い知己は電話の音で起き出すことなく、すやすや眠っている。私は「よっこいしょ」と言って立ち上がる。おばさんになった気分だ。体が少し重く感じられる。私のお腹には二人目の子がいた。育休が終わる前に、二人目の産休に入っていた。

リビングの壁際にあるファクシミリ兼用の電話の受話器を取る。

――山下です。

受話器の向こうから聞き覚えのある声が響く。課長からだった。

――どうかしたのですか?

――妻が、どうしても君に会いたいと言って。

切羽詰まったような口調で課長が言う。

――奥さんが……?

私には状況がつかみきれなかった。仲人を頼みに言った時の、上品な笑顔が浮かぶ。

――今、病院にいる……。

——どこかお悪いのですか……？

課長の奥さんは、確か心臓に持病があったはずだった。

——ああ……。とにかく来て、一度会ってやってくれないか？

——分かりました。

課長の声から、奥さんの病状がかなり悪いことが分かった。病院の名前を聞く。県庁所在地にある大学付属病院だった。今から行けば、一時間くらいで着くだろう。

——急なことで悪いが……申し訳ない。

——はい……。

課長からお願いされたのは初めてだった。一瞬、夫に連絡しようか迷ったが、結局、一人で行くことにした。夫にはこのことは言わない。課長の奥さんは私だけに会いたいのだ。私に何かを伝えたいに違いない。知己を母に預けようとも思ったが、母は口が軽い。どこかで夫に言う可能性があった。だから、私は知己を連れていくことにした。

ナースステーションで場所を聞き、病室に向かう。個室のドアをノックする。中から返事があり、ドアをスライドさせる。病室には課長と奥さんがいた。

「ありがとう」課長が私を招き入れる。「どうぞ、入って」

ベッドに横たわる奥さんはやせ細っていた。左手は点滴につながり、心臓の辺りから出たコードは物言わぬ機械につながっていた。その姿は、ベッドという木に縛りつけられているようだった。ベッド脇のモニターに表示される数字が、奥さんが生きていることを示していた。

窓際に置かれた花瓶には、ピンク色のコスモスが活けられていた。レースのカーテンがかすかに揺れる。少し開いた窓から気持ちのいい風が入ってくる。

私に気付いたのか、奥さんがゆっくりと目を開け、こちらを見る。髪はすっかり白くなっていたが、上品さは以前のままだった。私を見る奥さんの瞳に輝きが戻る。

「来てくれて、ありがとうね」

私はベッドの横に行き、奥さんの手を取る。骨張った手だった。でも、あたたかさが感じられる。

「かわいい子ね」

奥さんは、抱っこしている知己を見て言う。分かってか分からないでか、知己が微笑む。普段は人見知りが激しいのに――。奥さんの目元が緩む。

「知己です。一歳になります」

「そう」

奥さんの視線が、ふっくらとし始めた私のお腹に向く。そこに命が宿っていることに気が付いたのだろう。

「二人目です、来年一月十日が予定日です」

「いいわね……」

どこか遠くを見る目だった。課長と奥さんには子供がいなかった。子供を連れてきてくれてしまったことを悔やむ。

「触らせてもらえる?」

「ええ」

私は奥さんの手を取ると、自分のお腹に持って行く。

「元気な子が生まれるといいわね」

「ありがとうございます」

「どっち?」

「できれば、女の子がいいなと思っています」

超音波による検診の時に男の子か女の子かが分かると言うが、私はどちらかを先生に聞くことはしなかった。知りたくもあったが、知らない方がいいと思っていた。期待はできる限り先延ばしにしたかった。

「そう、じゃあ、女の子が生まれるようにと、おまじないをかけてもいい?」

奥さんの手が私のお腹を優しくさする。奥さんの手のぬくもりを感じる。その手を通じて優しさが私に、やがて生まれるお腹の中の子供に伝わってくる。

「ありがとうございます。女の子が生まれるような気がしてきました」

「麻美さん……」

「はい」

「夫をよろしく頼みます……」

私には、言われたことの意味が分からなかった。どうして、私が課長のことを頼まれなければいけないのか……。

「おいおい聡子、僕はそんなに頼りないのかな」

課長が困った顔をする。

「そりゃ、そうよ。だから麻美さんに頼んだの」奥さんはそう言って、いたずらっぽい笑みを私に向けた。「この人ったら、一人ではなんにもできないのよ」

「まいったな。聡子にはかなわないな」

課長が苦笑いする。そんな課長を聡子さんが微笑みながらあたたかく見守っている。


「忙しいのに、悪かったな。でも、久し振りに明るい聡子を見ることができた」

病室を出ると、課長が私に声をかけた。リノリウム張りの廊下は少しひんやりとしていた。ワゴンを押した看護婦が軽く会釈して通り過ぎる。機材がぶつかる金属音が長い廊下に響く。

「いえ、こちらこそ会えてよかったです。お元気そうで何よりでした。でも、奥さんの病気は……？」

課長は黙って首を振る。いかにも辛そうだ。

「もう長くはないと言われている」

「………」やはり、かなり悪いようだ。「奥さんは、どうして私に会いたいと言われたのですか？」

「よく分からない。今朝、突然言い出して……。あいつ、ああ見えても結構わがままだから……一度言い出したら引かないんだ……」

「そうですか……」

私にも思い当たる節はなかった。

「二人目か……元気な子が生まれるといいな」

課長は私のお腹を見て言う。

「ありがとうございます」

「林さんも、もうお母さんか……新採で入ってきた時は、どうなることかとひやひやものだったけど……」

課長は私を旧姓で呼ぶ。課長にとって私は、新採の時のままなのだろう。

「私、もう二十六ですよ」

「まだ若いよ。最近は三十になっても独身の子も増えているから」

女性の結婚は二十四までと言われていた時代は遠くなりつつあった。二十五歳の独身女性を「売れ残ったクリスマスケーキ」にたとえていたなんて、いつか昔話になるだろう。二十四で結婚した私は友人の中で結婚一番乗りだったし、県庁でも同期の子の半数がまだ独身だった。

そのまま、病院のエントランスに向かう。

「今日は本当にありがとう」

課長はそう言って、頭を下げた。私は黙って会釈を返し、病院をあとにした。

——夫をよろしく頼みます。

呪文をかけられたかのように、奥さんの言葉がいつまで経っても耳から離れない。

それからしばらくして、課長の奥さんの訃報を夫から聞いた。でも、私は夫に、奥さんと会ったことを告げることはしなかった。

*

「ねえ、ご挨拶に行かない？」

喪主席の方を見て夫に言う。喪主の女性は、葬儀場の係員との打ち合わせを終えたところだった。開式まではまだ少し時間がある。

「そうだね」

夫と一緒に女性の元へ行く。夫が挨拶をする。その後ろで私は頭を下げる。

「故人の妹で由美と申します。確か兄が仲人をしたのですよね」

彼女は私たちのことを覚えていた。

「兄が仲人を引き受けたのは、あなたたちが最初で最後。あなたたちの仲人も、最初は、聡子さんの体調を気にして断るつもりだったの」彼女は思い出すようにぽつりぽつりと語り始めた。「でも、聡子さんから、やってあげなさいよ、と言われてやることにしたみたい。聡子さん、心臓の手術後の経過が思わしくなくて辛い時期だったのに、よほどあなたたちのことが気に入ったのね。そうそう、そう言えば、聡子さん、あなたたちを見ていると自分たちが結婚した時を思い出すと言っていたわ。傍目に見ても、仲人の話を受けてから聡子さん急に元気になったようだったわ。でも、少しはしゃぎすぎたのかな。式の前日に熱を出して、式の当日は点滴を打ってから式場に向かったのよ」

初めて聞く話だった。隣で聞いている夫も知らないようだった。顔をこわばらせて話を聞いている。

「だから、式の最中はお二人のことよりも、聡子さんのことが気になってしょうがなかったって、兄は言っていたわ」

そんなことを課長は一言も言ってくれなかった。

祭壇の写真に目をやる。課長は微笑んだままだ。

仲人をお願いに課長の自宅に行った時のことが目に浮かぶ。玄関で出迎えてくれた奥さんは初対面の私たちを見て、一瞬はっとしたような顔をされた。何に驚かれたのかは分からないが、すぐに懐かしい人に会ったような顔をされたから、恐らく私たちのどちらかが、知っている人に似ていたのだろう。

奥さんは、小さな顔に肩の少し上で短く切りそろえられた髪がよく似合っていた。きれいな歳のとり方をしている。こんな年齢の重ね方ができたらいいな。私は奥さんにあこがれに近いものを感じた。

居間に通され、課長が私たちを、課のでこぼこコンビと紹介すると、奥さんは手を口元に当て上品に笑われた。その笑顔が今も目に焼きついている。そんな奥さんを見て課長も微笑んでいた。それは、職場では見たことのない笑顔だった。課長にこんな笑顔をさせることができるなんて……奥さんに軽く嫉妬したが、すぐにかないっこないと打ち消した。

帰り道、夫は奥さんに気に入られてよかったと胸をなでおろしていたが、私は課長夫婦がうらやましくてならなかった。あんな夫婦になれたらいいな……そんな思いを抱いた。

「聡子さんが亡くなった時、兄は結婚式で無理をさせたことが寿命を縮めたのではと悩んだみたい。そんなことはあるはずないのにね。でも、こうして、兄もまた一緒になれたのだから……」

由美さんが祭壇の上にある写真に視線をやる。

係員のアナウンスが入る。私たちは、由美さんに一礼すると一般席に向かった。

通夜式が始まり、導師の読経（どきょう）が流れる中、焼香に立つ。祭壇を近くで見ると、自然と涙があふれてきた。隣の夫も何か堪（こら）えているようだった。合わせる手が震えていた。

どうして……。

写真の向こうの課長は応えてくれない。

もう、いない――。

焼香を終え席に戻ると、顔を上げることはできなかった。体が重く、哀しみが私の全身を包んでいる。読経の声が遠くに聞こえる。何も考えることができない。思考が深い沼に沈み込んでいく。

また、私は置いていかれてしまった。頼る人はもういない。

通夜式は三十分ほどで終わった。導師が退場し、喪主からのお礼と明日の告別式の案内が終わると散会となった。

「ちゃんとお別れしよう」夫はそう言って立ち上がる。座ったままで、いやいやする私の肩にそっと手を置く。「さあ、行こう」

夫は祭壇の前に置かれた棺に向かう。

私はゆっくりと立ち上がると、夫のあとを追った。足が錘（おもり）を付けたように重い。一歩一歩をこれほど重く感じたことはなかった。

棺に小さく開けられた窓から見える課長は眠っているかのようだった。

手を合わせる。

いつまでもこのままでいたい――。

自分でも肩が震えているのが分かる。その肩に夫の手がかかる。

「もう行こう」

そのまま、夫の胸に顔を埋める。夫は私を抱き寄せる。涙が止まらない。夫の手が私の髪を優しく撫でる。私の好きな夫の手がそこにあったが、私の心はその手を感じることはできなかった。

♠

帰りの車の中、ぼくたちに会話はなかった。妻が時折嗚咽(おえつ)を漏らすが、ぼくは彼女にかける言葉を見つけることができなかった。夜空には満月を過ぎた月がかかり、地上を柔らかな光で包んでいた。カーステレオからは今井美樹の澄んだ声が流れている。妻の声によく似た声。昔、ぼくたちがまだ恋人だった頃、よく聴いた曲だ。ぼくが、「声よく似てい るね」と言うと、「そう? 自分ではよく分からないよ」と妻は応えたが、まんざらでもない様子だった。

ガレージに車を停め、黙ったまま車を降りる。施錠音とともに、サイドランプが点滅する。

玄関のドアを開ける。出迎える者は誰もいない。がらんどうの家だ。子供たちのはしゃいだ声や駆けてくる足音を聞かなくなってからどのくらいになるのだろう。

崩れるようにリビングのソファに座り、上着を脱ぎ捨て、ネクタイを緩める。ひどく疲れている自分を感じる。妻はダイニングの椅子に座り込んで、テーブルに体を投げかけている。

夕食はまだだったが、空腹感はなく、何も食べる気がしなかった。

壁の時計を見る。九時を少し回っている。明日も仕事が待っている。とっさに明日の予定に思いを巡らす。大きな仕事はなかったはずだった。それでも、出勤しないわけにはいかないだろう。

重い体を持ち上げると、浴室に向かう。熱いシャワーを浴びたかった。

シャワーを浴びて戻ると、妻はまだダイニングのテーブルに突っ伏したままだった。

「そんなところで寝ると、風邪をひくよ」

そっと妻に声をかける。妻の肩に手をかけようとして思いとどまる。妻の背中がぼくの手を拒絶しているように思えた。妻がかわいいと言ってくれたぼくの手は、宙ぶらりんのまま、行き場を失っていた。どうしたらいいのか分からず、ぼくはその手を見つめる。

「ありがとう」

突っ伏したまま妻が言う。泣き疲れたのか、妻の声はかすれていた。

「じゃあ、先に寝るね。おやすみ」

「おやすみ」

妻を残し、二階に上がる。

寝室のドアを開け、照明のスイッチを入れる。広い空間にダブルベッドだけがぽつんと置かれている。奈津実が出て行ったあと、妻は知己が使っていた部屋で寝るようになった。ぼくが仕事で帰りが遅くなったのが理由と言うが、よく分からない。妻からそのことを提案された時、ぼくは「そう」としか言わなかった。いつかそうなることを予感していたのかもしれない。二人の時は少し狭いと感じられたベッドも、一人で使うとなると広すぎた。

ベッドに横たわる。ぽっかり空いた右側のスペース。そこを埋めるものは何もなかった。

体は疲れていたが、なかなか寝付けなかった。

どうして……。

焼香の時にふと妻が漏らした言葉が、いつまでもぼくの頭の中を駆け巡っている。

そう言えば、訃報を伝えた時も、妻は「どうして」と聞いてきた。

どうして……。

妻はあれほどまでに悲しむのだろうか。所長の妹から聞いた話は、確かに衝撃的だったが、妻の今日の態度は、それを差し引いてもあまりあるものだった。あれほど取り乱した妻を見たのは、奈津実が妊娠を告げた時以来だった。

どうして……。

ぼくの知らない妻の世界がある。でも、その世界を知ることが怖かった。

眠れない。うつらうつらしたかと思うと、目を覚ます。その繰り返しだった。

ドアがそっと開き、誰かが入ってくる気配がした。布団をずらす音がして、妻が入ってきた。窓の外からは何の音も聞こえない。カーテン越しに月の柔らかな光を感じるが、時間が分からない。もう日付は変わったのだろうか。

「ごめん、起こした？」

耳元で妻の声がする。かつて近くにあった声が優しくぼくを包み込む。

「いや、ぼくも寝付けなかった」

「私も――」

そっと妻を抱き寄せた。妻の長い髪からほのかにシャンプーの匂いがする。懐かしい匂い。まだ、ぼくたちが恋人だった時にかいだ匂いと同じものだった。そっと妻の髪を撫でる。

妻はあの時のシャンプーをまだ使っているのだろうか……。

「今日は、疲れたね」

ぼくの胸の中で、妻が小さく頷く。月明かりに照らし出された妻の頬には一滴の光があった。ぼくは指でそっと妻の頬をぬぐう。

「あたたかい手」

妻は両手でぼくの手を包む。ひんやりとした感触が伝わってくる。

「初めて手をつないだ時も言われた」

「そうだったかな……」

妻はとぼけて見せる。あの花火大会の日、ぼくの手を取った麻美さんが言った言葉ははっきりと覚えている。その時の、彼女の手の感触も――。

どうして……。

ぼくはでかかったその言葉を飲み込む。やはり言えない。

「何？」

「いや、なんでもない」

ぼくは妻を強く抱きしめる。そうしないと妻がどこかに行ってしまうような気がした。しかし、いくら強く抱きしめても、そこにいるはずの妻をぼくは実感できずにいた。

ぼくは、まだ彼女を必要としているのだろうか？

やがて、妻の寝息が聞こえてきた。ぼくは妻のおでこにそっとキスをした。

朝、目覚めると、ぼくの右側はぽっかり空いたままだった。

昨夜のことは夢だったのだろうか。でも、妻の髪の匂いはぼくの記憶の中に残っている。寝室を出て、知己が使っていた部屋に向かう。ベッドはきちんと整えられたままで、使った形跡はなかった。

一階に降りる。リビングにもダイニングにも妻の姿はなかった。ダイニングテーブルには、ペンギンのマグカップが二つ、いつものように置かれていた。朝、ペンギンのカップでコーヒーを飲む。一緒に朝食をとらなくなっても、結婚した時からの習慣だけは続いていた。いつものと同じ朝の風景があった。ただ、そこに妻はいなかった。

パジャマ姿のまま外に出る。ぼくの車だけが昨日のまま停まっている。隣に停まっているはずの妻の赤い軽自動車はなかった。

部屋に戻り、スマートフォンで妻の番号を呼び出す。呼び出し音だけがむなしく続く。呼び出し音の向こうに妻はいる。でも、妻はぼくの呼びかけに応えてはくれない。

十回コールして切る。メールを送る。

——どこにいる？

いつまで経っても、既読にはならない。届けることのできないぼくの気持ちは、宙ぶらりんになる。

どうして……。

そのことを妻に聞けなかったことを後悔していた。

平成二年春

♡

私と浅野くんの初めての共同作業は、花見の場所取りだった。

浅野くんが配属されて最初の水曜日、その日は課全体の花見の日だった。以前は土曜日の昼に行っていたが、昨年度から完全週休二日制となり、金曜日の夜に変更されていた。

事務所近くにあるお城を囲む公園は桜の名所として有名で、毎年、県内外から多くの人が訪れる。当然、場所取りも熾烈(しれつ)で、昼にはおおかた場所は埋まってしまう。今年の桜の開花は例年より早く、先月末には満開となってしまった。だから、例年四月最初の金曜日に行っていた花見を、急遽早くやることになったのだった。

その日、出勤すると、伴野主査が席で私を手招きした。見ると、主査の横に浅野くんが立っている。何か嫌な予感がした。

「林さん」

「はい」

仕方なく、主査の席に向かい、浅野くんの隣に立つ。彼は私より頭一つ背が高い。

「林さんと浅野くんに頼みたいことがある」

主査は眉間に皺(しわ)を寄せて神妙な顔つきをしている。この人は、人に仕事以外のことを頼む時、いつもこんな顔をする。その頼みがまともなことだったことは、知る限り一度もなかった。先輩に聞いても同じ応えだったので、前からそうなのだろう。

「今日は、恒例の課の花見の日だ」数日前、回覧で回っていたから知っている。「そこで、君たち二人に場所取りをお願いしたい」

「えっ」

確か、今年の花見の幹事は会計担当だったはずだ。場所取りは幹事の重要な仕事ではないか。

「幹事はうちではなかったと思います」

浅野くんがきっぱりと言う。まっとうな意見だ。私は隣でうんうんと頷く。頼りない奴だと思っていたが、言うことは言う奴なのだなと少し見直す。

「そうだが……」

主査の顔が苦り切ったものになる。この顔も要注意と先輩からアドバイスがあった。――神妙な顔の次に、苦り切った顔が現れたらもう逃げられない。どうあがいてもダメだから、諦めるしかない。あのしつこさには誰も勝てっこないから……。

その時はそんなものかと思って聞いていたが、実際目にすると実感が湧いてくる。この顔には勝てない――。これもこの人の特技なのだろう。

「実は会計担当が、急な仕事が入ったから庶務に当番を代わってくれと言ってきた。それはどうだろうかと思ったが、どうしても断りきれなくてね……」

主査は眼鏡に手をやり、やむを得ず引き受けた感をぷんぷんと匂わせる。どうせ、会計担当の若い女の子にお願いされて、二つ返事で引き受けたといったところだろう。伴野主査はかわいい女の子には弱い。これも先輩からのアドバイス。もちろん、私がお願いしたところで鼻にも引っかけないだろう。これは差別以外の何物でもない。でも、文句を言ったところで、「だって、林さんは……だから」と言われるだけだ。……の部分は聞きたくもないし、想像したくもない。

「なら、仕方ありませんね」

浅野くんがあっさりと引き下がる。「えっ――」浅野くんを振り返る。おいおい、そこはもう少し粘るところだろう。見ると、浅野くんはしきりに頷いている。「何納得しているんだ！」そう言ってやりたかった。

「よし、頼んだぞ。シートのある場所は分かっているな」

主査の顔にほっとした表情が浮かぶ。私の不満げな顔は無視されたままだ。

と、いうことで、私と浅野くんは朝から花見の場所取りに向かうこととなった。

公園には既にかなりの数のシートが敷かれていた。年々場所取りは厳しさを増しているようだ。

「どこがいいでしょうか？」

おいおい、それを私に聞くのか。この仕事を引き請けたのは君だぞ。もう少し自分の言ったことに責任感を持ったらどうだ。私の気持ちなどつゆも知らない浅野くんは、シートを手にしたまま、どうしたらいいのか分からない様子で辺りを見回している。彼のことを見直したなんて、私はどうかしていたに違いない。

「去年って、どの辺りでやったんですか？」

「どこだったかな」

そう聞かれても思い出せない。去年の花見にはいい思い出がない。

*

採用されたばかりで何も分からない私は、おじさんたちに勧められるがままお酒を飲んだ。短大時代によくコンパには行ったので、アルコールにはある程度耐性があると思っていたが、社会人の宴会は全然違った。気が付いた時には、私の周りにはおじさんたちしかいなかった。

――麻美ちゃん、飲む？

プルトップを開けた缶ビールが私の前に差し出される。言われるままに缶を受け取る。プルリングと違いタブが残るこのタイプの缶にまだ慣れておらず、なんとなく飲みづらかったが、喉が渇いていたので一気に飲み干した。冷たい感触が喉を通り過ぎていく。たまらないひとときだ。

――飲みっぷりがいいね。麻美ちゃんって、見かけによらずいけるんだ。

――そんなことないですよ。

そうは言ったものの、目の前に差し出された缶を手に取っていた。そのあと、缶ビールを三本、カップ酒を一本――。体中をアルコールが駆け巡り、だんだん気分が大きくなって……。

そう言えば、誰かに胸を触られたような気もする。

――麻美ちゃんって胸が小さいな。

あれは誰の声だったのだろう。

――どこ触っているんですか！　仕返しです。

誰かのおでこをぺしんとはたいた覚えもある。いい音がした。そして……記憶がなくなった。

気が付いた時はタクシーの中で、隣には……なぜか課長がいた。

「気が付いた？」

自分が置かれている現状を理解するまでに時間が必要だった。ぼんやりと記憶が戻る。最後に見たのは……夜空を覆う大ぶりの枝とピンク色の桜の花だった。

「……………」

「少し飲み過ぎたようだね」

どうして私の隣に課長がいるの？

思い出そうとしても、頭がずきずきと痛んだ。タクシーのヒーターが強く、気分も悪くなってきた。酸っぱいものが胃の奥から込み上げてくる。もう限界だと思った時、「ここで結構です」と、課長が運転手に告げた。タクシーが停まる。

開いたドアから私は転げ落ちるように外に出る。見ると自分の家の前だった。門を開け、庭に駆け込んだところで、ジ・エンド。プランターに向かってこみ上がってきたものをぶちまけた。しばらくして、背中をさする手を感じ、振り返ると、課長がいた。慌てて目を伏せる。

見られたと思ったら、たまらなく恥ずかしくなった。

「無理をしないようにね。学生と社会人では飲み方が違うからね。明日は休みだから、ゆっくりすればいいよ。じゃあ、月曜日にね」

そう言って、課長は待たせていたタクシーに乗って帰っていった。

私は父と母にこっぴどく叱られた。ばちが当たった私は、翌日は二日酔いで一日中くたばり、日曜日は一日憂鬱（ゆううつ）で、月曜日なんて来なければいいと思った。

週明けの月曜日、金曜日のお礼を言おうと恐る恐る課長席に向かうと、「いい経験になったね」と、私の意図を察した課長が先回りして言った。そして、私に顔を近づけると声を落とし、「でも、このことは妻には内緒にしておいてくれないか。酔った女の子とタクシーに乗っていたなんてことが知れたら、妻は怒り出して、僕は家を追い出されることになりそうだから」と、真剣そのものの表情で続けた。

「は、はい。分かりました」

まだ課長との距離感がつかめていなかった私は、緊張して大きな声で応えしまった。突然の大きな声に、周囲の視線が集まる。顔が熱くなる。課長はにこやかに笑って、そんな私を見ていた。

その時の私は、課長にからかわれているなんて考えもしなかった。昼休みに給湯室で先輩から、「課長の言ったこと、真に受けたの？　冗談に決まっているでしょ。麻美ちゃんったら、うぶなんだから」と、思い切り笑われた。その先輩の話だと、酔ってぶっ倒れた私を、課長が自ら送っていくと言ったそうだ。周りは、さすがに課長にそんなことをさせてはと思ったようだが、課長は半ば強引に連れ去ったということだった。

「連れ去った？」

「そう、拉致（らち）するみたいに。つまり、麻美ちゃんは課長にドナドナされたわけ」

先輩の話をどこまで信じていいのか、記憶のない私には判断しようがなかった。ただ、課長が私のことを心配してくれたということだけは分かった。

「それに、よく覚えてないかもしれないけど、大変だったんだから。絶対、麻美ちゃん飲み過ぎだよ。初めてでよく分からなかったかもしれないけど、最初からあんなに飛ばしたらぶっ倒れるに決まっているよ。いくらお酒に自信があると言っても、あのおっさんたちのペースで飲んで勝てるわけないよ。普段の鍛え方が違うから……。あいつらは、水の代わりにお酒飲んでいるの……ウワバミだよ。素人娘じゃ、勝てっこないよ。勧められても、『私、お酒そんなに強くないの』とかなんとか言って適当にあしらわなけりゃダメだよ。でなけりゃ、いいカモにされるだけだよ……。ま、最初に教えなかった私が悪かったのかもしれないけどね」

先輩は、そこで意味不明な笑みを浮かべる。私には、先輩が私の反応を楽しんでいるようにしか思えなかった。もしかしたら最初から教えるつもりなんてなかったのかもしれない。先輩もその上の先輩から同じことを言われことがあるのだろう。改めて、自分がしたことの無謀さを思い知らされた。

「でも、もう遅いかな。麻美ちゃんがお酒を飲めることは知れ渡っちゃったし……。今更、お酒が飲めないと言ってもね……。ところで、本当に覚えていないの？　麻美ちゃんたらあっという間にできあがって、中田主査には胸を触られるし、隣で笑っていた伴野主査のおでこをはたくし……突然、立ち上がったと思ったらぶっ倒れるし……」

先輩は口元を手で押さえて笑いを堪えながら楽しそうに話す。その時の様子を思い出して、今にも吹き出しそうだった。言われているこちらは、顔が赤くなるばかりだ。

「中田主査が私の胸を……触った？　伴野主査のおでこをはたいた……？」

記憶の森の中に二人の姿が浮かび上がる。太っちょの中田主査と眼鏡の伴野主査。慌てて首を振って記憶の霧を振り払う。

「そんなに気にしなくても大丈夫、宴会で胸を触られるなんてよくあることだから……。私なんか何回お尻を触られたことか……。まだ、花見ぐらいならたいしたことないけど、忘年会なんて泊まりがけだからもう大変。おっさんたちは暴れ放題で、ほとんど無法地帯だから……。よっぽど日頃のストレスがたまっているのだろうけどね。あれでは、コンパニオンを入れないと、女子職員だけではとても相手できないから。ま、麻美ちゃんも一度経験すれば分かるよ」

よくあること……？　胸を触られることが、お尻を触られることが……？

私は自分の胸を見る。一度経験すれば……したくないし、分かりたくない！

「それと、中田主査は飲んでやったこと全然覚えていないみたいだから、全然気にしなくても大丈夫。ただ、伴野主査はね……覚えているかもしれないな。あの人、結構、執念深いところありそうだから……」

それだけ言って、先輩は給湯室から出て行った。気にしなくてもいいと言われても、額面どおり受け取るのは危険だ。そもそも、今朝、伴野主査が私を見る目がいつにもまして厳しかったような気がする。背筋を冷たいものが走る。

これはまずいかも……。

私が花見の席で記憶を失ったことは、あっという間に課内に広がっていた。課内だけでなく、事務所の他の課でも噂されているようだった。公務員の情報伝達の速さを思い知らされる。だからといって、仕事で私に直接被害があったわけではなかった。ただ、飲み会のたびに肴にされ、恥ずかしい思いをしただけだった。

＊

「覚えていないのですか」

浅野くんは無造作に私の思い出したくない記憶領域に踏み込んでくる。

「そりゃ、記憶をなくしたけど」言ってしまってから、話が食い違っていることに気付いた。「記憶をなくしたのではなくて、記憶がないのだからね」と、言い訳にもならない弁解をする。

どう応えていいか分からない浅野くんは、分かったような、分からないような困惑した顔をする。

この人は、困った時にこんな顔をするんだ――。

「あの辺りなんか、どう？」

場を取り繕おうと、私は適当に目に付いた場所を指さす。石垣の下にある空堀にまとまったスペースが空いていた。石垣の上にある桜の大ぶりの枝が張りだしていて、下から見上げるとちょうどいい感じで花が見えそうだ。

「いいじゃないですか。さすが林さん。あそこにしましょう」

石段を降りて、目的の場所にシートを敷く。あとは時間まで盗られないように番をするだけで、他にやることはない。

「浅野くん、一度戻って、伴野主査に場所教えといて」

浅野くんがいなくなると、私はシートの上で仰向けになった。

こんなことになるのなら、時間潰しに本でも持ってくればよかった。

空を見上げる。大ぶりの枝が広がり、まだ枝に残った桜が空を覆っていた。時折、風に吹かれて花びらがひらひらと舞い落ちてくる。どこかで見たことのある風景だった。

しばらくして浅野くんが戻ってきた。

「伴野主査に場所、伝えておきました。主査、去年と同じ場所だなと言っていましたけど、林さん、ちゃんと覚えていたじゃないですか。すごいですね」

顔から血の気が引いていくのが分かった。

平成二年夏

♠

公務員にこれほど課外活動が多いとは思わなかった。

採用二日目、ぼくは差し出された書類に言われるがまま署名したことで、めでたく事務所の野球部の部員となった。本格的に野球をやったことはなかったが、大学時代、友達と草野球はよくやっていたのでグラブは自宅にあるはずだった。

「毎週、金曜日の夜は練習だから。準備してくるように」

申込書を手に、見知らぬ先輩が去っていく。

「まんまと、乗せられましたね」

振り返ると、林さんがにやにやしている。まるで他人の不幸を面白がっているようだった。


チームの初戦はゴールデンウィークの最終日だった。相手は別の地方事務所のチーム。地方事務所野球部によるリーグ戦だ。

前日までの雨が嘘のように、空はどこまでも青く高く、雲一つない。今年のゴールデンウィークは雨続きだったので、久し振りの晴天だ。てっきり雨とばかり思っていたぼくは、朝起きると、窓の外に広がる青い空を恨めしく見上げた。

球場に着くと、ユニフォーム姿のおじさんたちが、職場では見せたことのないにこやかな顔でグラウンドに散らばっている。

おじさんたちは、いつまで経っても野球小僧のままだ。

地元ということもあって事務所から応援団も来ていた。さして気乗りせずに来たものの、応援されるとなると、現金なものでなんとなくわくわくする。

グラウンドには練習には一度も来たことのない課長の姿があった。すらりとした体型にユニフォームが似合っている。いかにも着慣れているといった感じがする。

「遅いぞ、浅野くん」

見ると白の半袖のワンピースにスニーカー姿の林さんがいた。しかも、チームの帽子をかぶっている。

もしかして彼女は……マネージャー？

「何、見とれているのよ」

別に見とれていたわけではなかった。いつもと雰囲気が違うので戸惑っていただけだ。

「いや、いつもと全然印象が違ったから。林さんってこういう服も着るんですね」

職場では制服姿なので、私服姿を見ることはほとんどなかった。

この春から女子職員の制服が一新された。それまでは、夏は水色、冬はねずみ色のスモックだったそうだ。「いかにも役所といった感じがして嫌だった」これは林さんの感想。それが昨年度、女子職員にアンケートをとって、今のブラウスにスカートといったものに変わった。県内の老舗百貨店が提供しているもので、デザインはこざっぱりしたものだった。「ただ、着心地が今一つなの。重たいし、スカートは履きにくいし……」と、林さんがこぼしていた。随分予算のかかることをしたものだと思ったら、好景気の中で、予算の使い道に困ったからという噂も耳にした。

「相変わらず失礼ね。私だってこういう服を着ることもあるんです」

林さんがすねて横を向く。そんな子供っぽい姿が新鮮だった。大学時代、ぼくの周りにはこんな雰囲気を持った子はいなかった。

「浅野くん、ちょっと相手してくれないか」

グラウンドから課長の声がする。どうやら、キャッチボールの相手を探しているようだ。

「はい」そう言って、ぼくはグラブを持ってグラウンドに出る。

課長は野球の経験がある。

キャッチボールをしてみてすぐに分かった。ボールの回転が全然違う。軽く投げているようで、手元ですっと伸びてくる。スナップが効いたボールがぼくのグラブに吸い込まれ、ぱしっと気持ちいい音が響く。

「ちょっと座ってみてくれないか」

肩が温まってきたところで、課長が言う。ぼくは中腰になり、グラブを正面に構える。課長が大きく振りかぶる。左足をゆっくりと上げる。腰でしっかりとためを作る。軸足にぶれはない。グラブを持つ左手が前に伸びる。右手が後ろに引かれ、肘が上がる。頭の後ろで手首が返る。流れるように踏み出される左足。それに合わせて上体が回転する。肘から手首へ、大きな弧を描いた右腕がしなるように振り下ろされる。きれいなフォームだった。

しゅるるる――。

指にしっかりかかったボールが空気を切り裂く。

ぱしっ。

乾いた音とともにボールが構えたグラブに収まる。左手が熱い。少し痛む。

「課長、絶好調ですね」

キャッチャーミットを持った会計担当の中田主査が、ぼくの隣に立ち、課長に声をかける。

「ちょっと肩が軽いかな。浅野くん痛くなかったか?」

「いえ……少し、痛いです」

課長が微笑む。中田主査も笑う。

「中田くん、交代してやってくれないか」

「はい」

中田主査がしゃがんで、ミットを構える。こちらも堂に入っている。

課長が右手首を回す仕草をする。中田主査が頷く。

課長の手を離れたボールは、中田主査が構えるミットの目の前で急ブレーキがかかったように曲がり落ちる。「捕れない」と思った次の瞬間、乾いた音とともにボールはミットに収まっている。

「よく曲がりますね」

ボールを返しながら中田主査が声をかける。あんなボールを投げられたら打てる気がしない。課長が敵のピッチャーでなくてよかったと思う。

ベンチに戻ると、林さんがうっとりした表情で課長を見ていた。

「かっこいい――」

「よだれが垂れているよ」

林さんの横に座り、耳元で囁く。近くで見ると思ったより小さな耳だった。

「えっ」林さんが慌てて口元をぬぐう。からかわれたことを知った彼女はぼくを睨みつける。「なんて奴だ」

「課長って、野球やっていたの?」

「そうだよ。知らなかったの?」まるで知らないことがいけないことのような言い方だった。「高校時代、あと少しで甲子園だったんだって。浅野くんなんかとできが違うんだから」

そりゃそうだろうけど、そこまではっきり言わなくてもいいじゃないか。

「監督兼エースということか……」

「ううん。監督はあっち――」

林さんの視線の先には、ぴちぴちのユニフォームに身を包んだハンプティ・ダンプティさながらの山田補佐がいた。バックネット近くでそわそわしながら、しきりにタオルで汗をぬぐっている。

試合が始まる前から監督がそんなに緊張してどうすると言ってやりたかった。

「課長は選手に専念するんだって」

林さんの言葉に、課長らしいなと納得する。

試合は、四対二でぼくたちのチームが勝った。五回まで投げた課長は、被安打二、一失点だった。その失点は、ライトを守るぼくのエラーによるものだった。打者としてのぼくは、ランナーを置いた場面で二三振と、バットにボールが当たってくれなかった。

「お疲れ様でした」

試合後のグラウンド整備が済むと、解散となった。

「浅野くん、車で来たよね。悪いけど、麻美ちゃんを送っていってくれないか」

中田主査に声をかけられる。

「構いませんけど……」

隣で林さんが不満そうな顔をしている。きっと、ぼくの運転では不満なのだろう。それでも仕方がないと思ったのか、「お願いします」と小さな声で言った。

「軽なんだ――」

ぼくの車の前で、彼女がこぼす。

軽自動車で悪かったな！

そう言いたい気持ちを抑え込む。ぼくはこの車とは学生時代からのつきあいだった。地方大学では車は必需品で、親の援助を受けて購入したシルバーのアルトはぼくの大切な相棒だった。

「どうぞ」

ぼくが助手席のドアを開けると、彼女はさも当然といった感じで乗り込んだ。

「へえ、結構きれいにしているんだ」

それは、ぼくの相棒に失礼だぞ。

黙ってイグニッションキーを回す。相棒がぶるっと震え、エンジンがかかる。サイドブレーキを下げる。ギアをローに入れ、ブレーキペダルの右足をアクセルに移し、軽く踏み込む。エンジンの回転音が上がる。クラッチペダルを踏む左足を緩め、半クラにする。ギアがつながる軽い衝撃のあと、相棒はゆっくり動き始める。アクセルをさらに踏み込む。

「マニュアル？　オートマじゃないんだ」

「そう」

ぼくの経済状況では、まだオートマチック車は購入できなかった。クラッチを切り、ギアをセカンドに入れる。駐車場を出て、国道に入る。さらに加速し、ギアをサード、さらにトップに切り替える。エンジンは快調だ。

ドアハンドルを回し、窓を開ける。入ってくる風が運動で熱を帯びた体に気持ちいい。カーステレオの中でカセットテープが音を奏でている。

「クーラーは？」

「ヒーターならあるよ」

「何それ、だったら、公用車じゃん」

林さんもドアハンドルを回して窓を開けた。入ってくる風が彼女の髪を揺らす。林さんを自宅まで送る車の中、彼女は、今日の試合で、ぼくが課長の足を引っ張りまくったと散々こき下ろした。

「次は、もっとうまくなってね」

車から降りた彼女は、それだけ言い残して、振り返ることなく玄関に消えた。送ってくれてありがとうぐらい言ってほしかったな。

ぼくは助手席に向かって、そうつぶやいた。相棒も頷いているようだ。


好景気が続いていたこともあり、県庁でもここ数年採用者が多かった。人が増え、予算も増えていた。

地方事務所にも若い職員が多くいた。学生時代を「昭和」で過ごした彼らは、つるんで遊ぶことが好きだった。気が付いたら、ぼくはテニスのラケット握って、コートを走り回っていた。秋には山登りにも連れていかれ、山小屋に泊まる予定が立てられている。演劇鑑賞やクラシックのコンサートにも行く予定だ。充実した公務員生活（？）と言えるのかもしれない。初めての経験はぼくに新しい世界をもたらしたし、楽しい仲間も増えていった。同期採用のつきあいよりも、事務所でのつきあいの方が濃密だった。

メンバーはその都度違ったが、男だけということはなかった。ただ、いつも林さんはメンバーの中にいた。

そして、最初の夏がやってきた。

「公務員に夏休みはないよ」

八月にまとまった休みがあると思っていたぼくは、その言葉に面食らった。

「夏休みは、六月半ばから九月までの間に六日間、適当な時にとればいいんだよ」

林さんが先輩面して言う。「ちゃんと、計画的にとるんだよ」

八月に入ったばかりのある日、近くの定食屋で昼食をとっていると、テレビが臨時ニュースを流し始めた。見ると、戦車がまだ暗い市街地を走り回っている。パン、パンと乾いた音が聞こえてくる。現地時間で夜中の十二時とある。中東の大国が隣国への侵略を開始していた。隣国の首長一族はいち早く逃亡した模様で、侵略軍による全土掌握にそれほど時間はかからないだろうと、解説者が話している。ぼくはカツ丼を食べながらその映像をぼんやりと見ていた。現実感のない映像だった。よく知らない遠い国でどうやら戦争が始まったようだ。このことが、その後の社会にどういった影響を及ぼすかなど、ぼくには分かりもしなかった。カツ丼を食べ終わり、冷房が効いた食堂から外に出ると、午後の強い日差しがぼくを襲う。あっという間に額から汗が噴き出してきた。ここ数日、三十度を超える暑さが続いていた。

「明日の花火大会どうする？」

金曜日の帰り際、林さんがぼくに聞く。まるで翌日の予定を聞くような事務的な言い方だった。八月の第一土曜日は、事務所のある都市の花火大会だった。全国的にも有名なその花火大会には、県内外からたくさんの人が集まってくる。事務所のある場所は花火見物にもってこいの場所だったが、当日の立ち入りは禁止されている。去年、職員が事務所の屋上で花火見物をしていたと通報があったためだ。公務員は何かと監視されている。

「どうするって？」

「行かない？」

それは、「私と行かない？」ということなのだろうか？　それとも「みんなで行かない？」ということなのだろうか？

家族連れで花火を見に行ったことはあるが、女の子と花火を見に行ったことはなかった。ぼく自身、花火とデートが今一つ結びつかなかった。花火は花見と同じものぐらいにしか思っていなかった。

「じゃあ、六時に事務所前で――」

ぼくの承諾もなしに日程が決まっていた。

ま、いいか。明日は、特に予定があるわけではないし……。

翌日、ほぼ約束の時間どおりに事務所前に着くと、既に林さんは待っていた。と言うか、ぼくは彼女に気が付かず、あやうく前を通り過ぎるところだった。

ぼくが着いた頃には、事務所の周りは花火見物の人たちで混雑し始めていた。まだ明るい空に音花火が上がり、どんと音が響き渡る。花火大会の開始が近い。そちらに気を取られていた時、いきなり後ろから「浅野くん」と声をかけられた。

呼び止められて初めて林さんに気が付いた。金魚の絵柄の浴衣姿。薄紅色の金魚が彼女の足元で気持ちよさそうに泳いでいる。ポロシャツにジーンズ姿のぼくとは明らかに不釣り合いだ。想像もしていなかった姿の林さんがそこにいたことでぼくはどぎまぎした。

「ごめん、あまりに……」

なんと言ったらいいのか、言葉が出てこない。

「あまりに……何?」

林さんがぼくの顔をのぞき込む。くりくりとした瞳がぼくを見つめる。相変わらず、林さんは意地悪だ。

「その……」

「きれいだから……?」

言った本人が顔を赤くしている。きれいと言うか、かわいかった。でも、ぼくも照れてそんなことは言えなかった。

「みんなは……?」

「いないよ——」

あっさりと言われる。

「えっ」

「二人だけだよ」

小さな声で言った林さんが目をそらす。そこまで彼女に言わせたことをぼくは後悔した。昨日、彼女が曖昧な誘い方をした理由がようやく分かった。周りを見ると、親子連れに交じってちらほらカップルもいる。ぼくたちもその一組に加わることになりそうだ。

「じゃあ、行こうか」

林さんに手を差し出す。彼女が差し出されたぼくの手を見てくすっと笑う。

「どうかした？」

「ううん。かわいい手だなと思って……」

かわいい手……？

ぼくが自分の手を見ていると、林さんがそっとその手を握る。彼女の手は少しひんやりとしていた。

「あったかい……」

この日の最高気温は体温並だった。夕方になってもまだ、じっとりとした夏の暑さが残っている。そのこと以上に、ぼくは汗ばむ自分を感じていた。

ぼくたちは人の流れに沿って、事務所の北を流れる川に架かる橋に向かう。橋から見える河川敷には色とりどりのシートが所狭しと敷かれている。あちらこちらから笑い声が聞こえる。もう、宴会が始まっているようだ。橋の欄干の雪洞（ぼんぼり）に灯りがともされる。歩道には花火見物の人があふれていた。母親と父親に手を引かれた浴衣姿の小さな女の子がいる。手をつないだアベックが通り過ぎる。老夫婦がゆっくりと歩いている。穏やかな笑顔があふれる。みんなこれから始まる花火を楽しみにしている。対岸にある桟敷席はほぼ埋まっていた。川には船が浮かべられている。船からも花火が打ち上げられるはずだった。水面に向けて放つ金魚花火も有名だ。人の流れは、お城の下の公園に向かっている。公園では通りの左右に屋台が出ていた。焼きそばのソースが焦げる匂いが食欲を刺激する。

「何か食べる？」

林さんは、しばらく迷った末に、黙ってたこ焼きの屋台を指さす。看板の中で蛸がねじりはちまきをしている。たこ焼きを焼くおじさんもタオルでねじりはちまきをしている。ぼくたちの視線に気が付いたのか、おじさんが「いらっしゃい」と声をかけてきた。

いつもの林さんなら、屋台を見てはしゃぎ回るはずなのに――。

普段とは違う林さんの振る舞いに、ぼくの調子は狂いっぱなしだった。もしからしたら、これが本当の彼女の姿なのかも……と思ったりもしたが、すぐに打ち消した。そんなわけはない――。

しゅるるるっ――。

見上げると、明るさの残る空に金色の光が広がり、パンと弾ける音が続く。流れ落ちる光が赤に、そして青に変化する。静寂が訪れ、夕暮れの空を白い煙がゆっくりと流れていく。

すっと溶け込んでいくような透明な声。今まで意識したことがなかった声。それがぼくの全身を優しく包み込んでいく。周りの喧騒がすっと退いていく。音のない世界。ぼくは隣で空を見上げている林さんの横顔をしばらく見つめていた。

「きれい――」

夜はまだ始まったばかりだ。

九時過ぎ、大輪の花が夜空いっぱいに広がると、やや遅れて大音響とともにきらきらと光の滴（しずく）が散り落ちてくる。

ぼくと麻美さんは、手をつないだまま、落ちてくる無数の光を見ていた。

拍手の中、花火大会終了のアナウンスが流れる。

その日から、ぼくは彼女を麻美さんと、彼女はぼくを祐二くんと呼ぶようになった。もちろん、職場では今までどおりだったけど。

♡

平成三年正月

髪を伸ばし始めたのは、祐二くんが髪の長い子が好きなことを知ったから。首から肩へ、背中へと伸びていく髪。今まで伸ばしても肩までだった髪は、いつしか、背中の半分くらいまでの長さになっていた。癖毛でなく、まっすぐ伸びていく髪。それは私の自慢でもあった。

――麻美、髪伸ばしているんだ。

――何か心境の変化でもあったの?

久し振りに合う友達は、口々にそう言う。私は「別に……。たまにはいいかな」と素っ気なく応える。

私が祐二くんを意識したのは、ゴールデンウィーク最後の日に行われた野球の試合の時だった。

その日、滅多に着ないワンピースを選択したのは、全くの偶然だった。着ていく予定だったTシャツとジーンズを、朝、母が誤って洗濯してしまったからだ。

着替えようとして洗濯機の横に置いたはずの服がないことに気付いた私は、「お母さん、ここにあった服知らない?」と母に声をかけた。

「ああ、それなら洗濯したから。今、干しているところ」

私はぎょっとして、窓を開け物干し場を見る。そこでは、母が鼻歌交じりに、私が着ていくはずだったTシャツを干していた。

「お母さんどうしてくれるのよ。これ、今日、着ていくつもりだったのに」

物干し竿に干されている洗濯されたばかりのジーンズを指さし、私は母に抗議する。

娘の抗議に母は、「服なんかいくらでもあるでしょう。それに、洗濯機の横になんか置いておくあなたが悪いんだからね」と言い返してきた。いつものことだが、母は誰に対しても自分のミスを簡単には認めない。「自分は悪くない」これが母の信条だった。

壁の時計を見る。中田主査が迎えに来るまで、もう時間がなかった。慌てて部屋に戻り、クローゼットを開ける。白い半袖のワンピースが目に入った。前にいつ着たのか覚えがない。

ベンチに座っているだけだから、これでもいいか。

私は半分やけになっていた。

迎えに来た中田主査は、私の姿を見て、一瞬、ぽかんとした。そして、「馬子にも衣装か――」と、吹き出しながら言った。

グラウンドで会った祐二くんも、中田主査と同じ反応をした。なんと言ったらいいのか分からないといった表情を浮かべている。

そんなに似合っていないのかな……。不安になる。

――何、見とれているのよ。

そう言ったのは、照れ隠しからだった。

――いや、いつもと全然印象が違ったから。林さんってこういう服も着るんですね。

——相変わらず失礼ね。私だってこういう服を着ることもあるんです。

そう言って横を向いたが、さっき見た彼の戸惑ったような表情が目の奥に残っている。どうしたんだろう、心臓がどきどきしている。

あれっ——。

スイッチが入ったような感じがした。たまたま、祐二くんが課長に呼ばれて、キャッチボールをしに行ってくれたからよかったものの、そのままだったら、絶対会話に詰まっていた。

試合での祐二くんは散々だった。エラーはするし、肝心なところで三振はするし、いいところはどこにもなかった。いつものように、課長の姿を追いかけているつもりが、気が付けば、見ているのは祐二くんだった。

どうしたんだろう……？

調子が狂う。だから、試合が終わり、中田主査が祐二くんに私を送っていくように言った時、とっさに返事ができなかった。それを私が不満に思っているととったのか、祐二くんが返事を濁す。変に意識しないようにしたことが、かえって自分をぎくしゃくさせることになった。それでも、「お願いします」となんとか言葉を絞り出した。

祐二くんの車に乗ってから、家に着くまで、私は一方的にしゃべり続けた。そうでもしていないと、変なことを言い出しかねなかった。

家に着いた時、正直、ほっとした。

——次は、もっとうまくなってね。

憎まれ口を言って、車を降りると、逃げるように玄関に向かった。

だから、お礼を言うのを忘れてしまった。申し訳なかったと思う。

その日以来、私は祐二くんとの距離感をうまくつかめなくなった。だから、あんなミスをしたのかもしれない。

昼休みから戻ると、課長が山田補佐から何やら報告を受けていた。二人とも真剣そのも
ののので、緊張感が伝わってくる。課長はしばらく考え、山田補佐に指示を出した。

何か大きな問題が起きた——。

隣で、祐二くんが不安そうな顔で、課長席を見ている。

「分かりました」

課長から指示を受けた山田補佐が、自席に戻り電話をかけ始める。

「浅野くん、林さんちょっと」

課長から声がかかる。いつもと違う厳しい声だ。体に緊張が走る。隣の祐二くんも硬く
なっているのが分かる。

「はい」

課長席の前に二人して立つ。職員室に呼び出された生徒のようだった。

「これ、チェックしたのは君たちだったよね」

課長が机の上にある封筒を指さす。確か、昨日、私と祐二くんが、文書と封筒の宛名をチェックしたものだった。

「封筒の宛名と違う人のところに届いた――」

「………」

二人とも黙って下を向く。その時、私はまだ事の重大さに気付いていなかった。

「さっき、自分宛の封筒の中に、他の人宛の書類が入っていたと持ってきてくれた人がいた。当然、その人のところに届く文書が、他の人のところに届いていることになる。明らかにこちらのミスなので、相手に連絡がとれたら、山田補佐に回収に行ってもらうことにした。山田補佐は、回収しなくても改めて正しいものを送ればいいのではと言ったが、連絡を入れて開封しないようにお願いして、回収するように指示した。ただ、今回の間違いが、単純な入れ間違いだけならいいのだが、宛名がずれていたとしたら、大変なことになる」

昨日出した文書は、十通以上あったはずだった。ずれていたら十人以上に影響が及ぶことになる。その時になってようやくことの重大さに気が付いた。祐二くんの顔も心なしか青ざめている。

山田補佐から、先方に連絡がとれたと報告が入る。

「お願いします。こちらのミスなのでしっかり謝ってきてください。それと中を確認して単純な入れ間違いだったかどうかを連絡してください」

課長の声に、山田補佐は緊張気味に頷いて出て行った。

「君たちは、どういうチェックをしたんだ」

激した感じはなかったが、明らかにいつもの課長の声ではなかった。

「ぼくが最初にチェックして封入したものを、林さんが見直しました」

「一緒に読み合わせながらやるようになっていたはずじゃなかったか」

本来は、二人で読み合わせながら封筒に入れることになっていた。いつもなら、そうしていた。でも、今回はそうしなかった。

「すみません、最初にやったぼくのチェックミスだと思います」

祐二くんが頭を下げる。私は何も言えずに彼の姿を見ているだけだった。

「分かった。次からは気を付けてするように。それと、人には誰しも他人に知られたくない情報があるということをしっかり肝に銘じてほしい。これからは個人の情報の管理が厳しく問われるようになるだろう。一人のミスで、個人の情報がその人にとって知られたくない人に流れ、その人の人生を台無しにしてしまうかもしれない。そうなったら、その責任を誰が負う。知らせた人間が責任を負うことになるかもしれない。そう思っていれば、ミスは防げるはずだ」

私たちは、黙ってうなだれていた。

「それから、他人の仕事をチェックする時は、相手を信用しないように。君たちはどうもお互いを信用しすぎているように思えるのだが――」

最後はいつもの課長の顔に戻っていた。祐二くんは何を言われたのか分からない顔をしていたが、私はどきっとした。

課長は気付いているのかも――。

「浅野くんは席に戻りなさい。林さんはちょっと残って――」

祐二くんが席に戻っていく。その姿を見送りながら、課長から残された理由を考える。まだ小言を言われるのだろうか……。

「ここに座って――」

課長が横の丸椅子を示す。私はおとなしく座る。高校の時、職員室に呼び出され、担任の先生の横に座らされたことを思い出す。あの時は、三十分以上こんこんと説教をされた。

「何か心配事でもあるのか？」

前を向いたまま、何気なく課長が聞く。

「いえ……別に……何もありません」

うつむいたまま答える。膝の上で両手を握りしめる。

「そうか……。林さんは、どうも最近、仕事に集中できていないような気がするのだけど……。それほど、隣の人が気になるのかな？」

驚いて顔を上げる。不安そうな顔してこちらを見ている祐二くんと視線が合う。慌てて視線をそらす。

課長は気付いている。私の祐二くんに対する気持ちを――。

「図星だったか――」

「……」

「個人の気持ちは勝手だが、仕事は仕事だ。浮ついた気持ちで仕事をするとミスをするぞ」

「はい……気を付けます」

小さくなる。穴に入って消えてしまいたい気分だ。

「それと……自分の気持ちは大切にするように。いいコンビだよな、君たち二人は。うまくいくといいね。応援しているから――」

課長が私の方を向き、何気ない顔をして囁くように言う。自分の顔が熱くなるのが分かった。

「課長に何か言われた……？」

席に戻った私に、祐二くんが心配そうに声をかけてくる。

「ううん。特に何も……。ごめんなさい。今回の件、多分私のミス――」

「いいよ。どっちのミスかなんてもう分からないから……。次からは、一緒に読み合わせながらやるようにしよう」

そう言って、祐二くんは自分の仕事に戻った。そう言ってくれたことがうれしかった。

結局、私たちのミスは単純な入れ間違いだけで、山田補佐が双方に謝り、大事には至らなかった。

自分の気持ちに素直になろう。そう決めた。私は祐二くんのことが気になる。でも、それが、恋なのかどうか、自分でもまだはっきりしないし、祐二くんの私に対する気持ちもまだ分からない。

花火大会前日、私は思い切って祐二くんを誘った。

——花火大会どうする?

——何も考えていない。

——行かない?

彼が答える前に、待ち合わせ場所を指定する。胸が張り裂けんばかりにどきどきしていた。

花火大会当日、私は朝からそわそわしていたので、母にすぐ見破られた。

「麻美、デート?」

「あっ、うん……」

適当に誤魔化そうとしたが、めざとい母が許してくれるはずはない。

「浴衣あるよ。せっかくだから着ていけば」

ラフな格好で行くつもりだったのが、大げさになってしまう。祐二くんがおめかししてくるとは思えない。浴衣なんか着ていけば、不釣り合いとなるに決まっている。

「一人では着られないよ」

「大丈夫、私が着せてあげるから」

母は指を振りながら意味深な笑いを見せる。

結局、私は母の策略にはまり、誂えたばかりの金魚の浴衣で花火大会に行く羽目になった。

約束の時間よりかなり前に事務所前に着いた私は、祐二くんが来るのを待った。彼はほぼ定刻に約束の場所に来たのだが、私に気付いてくれない。私が浴衣を着ているなんて、想像もしていないに違いない。目の前を通り過ぎようとする祐二くんに勇気を振り絞って声をかける。振り返った彼はびっくりしたような顔をしていた。

――ごめん、あまりに……。

祐二くんが困った顔をする。そう、この顔が私を惹きつけたんだ。

――あまりに……何？

いつもののりでつい聞いてしまった。自分でも意地悪だなと思う。

――その……。

――きれいだから……？

自分から言ってしまって、しまったと思う。そんなことを言うつもりはなかった。顔が火照ったように熱い。相手に言わせる台詞を自分で言うなんて……何て馬鹿なんだ私は。

――みんなは……？

――いないよ、二人だけだよ。

それだけ言って、顔を伏せる。――祐二くんにどう思われたのだろう。

――じゃあ、行こうか。

よかった、分かってくれた。差し出された祐二くんの手は、小さくてかわいかった。私はその手をそっと握る。

あったかい――。

私の手が祐二くんのあたたかさに包まれていく。

私は、この人のことが好きなんだ――。

そして、この人も、私のことを気にかけてくれている――。

そう思うだけで幸せな空気が私を包む。

花火大会最後の花火が上がる。大音響とともに夜空いっぱいに広がった光が滴となって流れ落ちてくる。その風景を、手をつなぎながら祐二くんと私は、見ていた。


「今度の日曜日って何か予定ある？」

「二十日？」

「うん」

「その日はちょっと……」

母の誕生日で、家族で食事に行く予定が入っていた。祐二くんが困ったような顔をする。相変わらず気持ちがすぐに顔に出るんだ。

「その次の日曜日なら大丈夫だよ」

祐二くんの表情はぱっと明るくなる。

分かりやすい――。でも、そこがいいところなんだよな。

「分かった。じゃあ、二十七日ね」

「どこに行くの？」

「水族館だよ」

「水族館？」

「ペンギンを見に行こう」

この日、西の大国が中心となった軍隊が、中東の大国への攻撃を開始した。去年、中東の大国が隣国に侵攻したことに対する国際社会の仕打ちだ。東も西もこぞって賛成したもの の、国連軍ではなく多国籍軍という名で攻撃は始まった。打ち上げに失敗した花火が、地上で爆発しているような映像が繰り返し流される。テレビに映るその映像は、映画のワンシーンを見ているようだったし、映像を通して見るその世界はひどく現実感がなかった。海の向こうで、大きな戦争が始まっていた。でも、それは私たちには関係ないこと――。

玄関のドアを開けると、祐二くんの得意げな顔があった。

「おはよう！」

いつもにましてテンションが高い。何事かと思うと、祐二くんの肩越しに、停まっている車が見えた。いつもの軽自動車ではない車がそこにあった。

トヨタ・スプリンタートレノ。

スポーツタイプのクーペ。ネイビーブルーとクリーム色のツートン。ヘッドライトがパカンと上がるところがヨーロッパのスポーツカーに似ていて、発売開始から年数は経過しているものの、いまだに人気が衰えない車種だ。

「どうしたの、あの車――」

「ぼくのです」

「どこかから盗んできたとは思わないよ。で、なんであんな車がここにあるの？」

「ぼくのです」祐二くんは自慢げに言うものの、私の反応がないと、「中古ですけど……」

と、しぼんだ声で言った。

「だから……」

そこまで言って分かった。彼が私を誘ったわけを――。

「助手席をあけておきました」

祐二くんの顔が引きつっている。きっと一晩かけて一生懸命考えた台詞なのだろう。

こういう台詞はさらりと言ってほしかったな。言っている本人がぎこちなくては全く意味をなさないよ。

私の目の前で硬くなっている彼が微笑ましかった。

「いつもの相棒は……？」

「……第二の人生を歩んでもらうことにしました」

祐二くんが少し辛そうに言う。私が初めて彼の車に乗せてもらった時、「軽なんだ――」と言ったことを気にしていたのだろうか。

困らせちゃったのかな――。少し後悔した。

助手席に座る。トレノは軽いエンジン音とともになめらかに動き出す――はずだった。

ガクン――。

前につんのめる。シートベルトが肩に食い込む。見ると運転席で祐二くんがぽりぽり頭をかいていた。

「エンスト……しちゃったね」

私は微笑む。今日は楽しいドライブになりそうだ。


「いい匂いだね」

私より頭一つ高い祐二くんが、私の髪に顔を寄せて、犬のようにくんくんと匂いをかぐ。

「犬みたいなことしないでよ。こんなところで、恥ずかしいじゃない」

「ごめん。でも、本当にいい匂い。なんだか、落ち着く」

「このシャンプー高かったんだから――」

「高いものだから……？　そうじゃなくて、麻美さんの髪だから」

「それって褒め言葉？」

「そう、褒めている」

祐二くんがにっこり笑う。

「なんだか、複雑な気分」

「でも、いい匂い」

彼がまたくんくんしそうだったので、私は慌てて一歩下がる。目の前にある水槽ではペンギンたちが気持ちよさそうに泳いでいる。冬の水族館はそんなに混雑していない。私たちは、ペンギンの水槽の前で、ゆっくりとした時間を過ごした。

同じ風景を見ている――。

そんな気がした。

その日、水族館のミュージアムショップで、ペンギンの絵柄のマグカップをペアで買った。


その年の春、課長は異動となった。

そして、湯飲みと灰皿の片付けはまた、女性職員の仕事となった。

平成三年夏

♡

気が付くと祐二くんの顔が目の前にあった。
えっ――と思う間もなく、彼の唇が私の唇に触れる。
初めてのキスは甘酸っぱいと聞いたことがある。
でも、そんな味はしなかった。
無味無臭。
でも、私の頭には、一つの光景が広がった。
縁側の座椅子に座る老人と、その横で話をする老女の姿。
ああ、これは私と祐二くんなんだ。
勝手に私はそう思い込んだ。
「ごめん」
その声で我に返ると、困ったような顔をした彼が目の前にいた。
謝るくらいなら、最初からするなよな。

いつもなら、そう言うところだけど、さっき頭に浮かんだ光景が忘れられない。今回は許すことにした。そう、私はこの人と一緒にやっていくんだ。
「麻美さん。ぼくと結婚してくれませんか」
「はい」

♠

平成四年秋

前年五月に東京に登場した巨大ディスコでは、ノースリーブの丈の短いワンピースに身を包んだ女の子たちが、お立ち台と呼ばれる舞台で羽根つき扇子を振り回して踊りまくっていた。お立ち台の下で、男たちがそんな彼女たちをはやし立てる。その光景は地方都市にも広がっていった。その一方で、全国で地価が下落を始めていた。バブル崩壊が迫っていた。のちに「失われた十年」と呼ばれる時間が既に始まっていたが、実感はなかった。

東の大国の崩壊が始まったのは、九月に起きた連邦の構成員である小国の独立からだった。結局、雪崩を打ったように独立が続き、連邦は年を越すことができず消滅した。一人の男が唱えた理想の国家は紆余曲折(うよきょくせつ)を経て、白熊と呼ばれる男を指導者とするかつての帝国に戻った。世界から東も西もなくなり、すべてがうまくいくそんな明るい未来が待っている。海の向こうの戦争もいずれは終わる、はずだった――。

年が替わっても戦争は終わらず、東の大国は経済危機に苦しんでいた。


平成四年九月十二日、土曜日、大安。ぼくたちは結婚した。


扉が開き、照明が落とされた会場が目の前に広がる。スポットライトがまぶしい。盛大な拍手がぼくたちを祝福する。羽織袴姿のぼくの横には紅の色打ち掛けを着た麻美さんがいる。音楽が流れる。司会の女性がぼくたちを紹介する。一礼をして、一歩を踏み出す。ゆっくりと進むぼくたちを、ひな壇に立つ山下課長夫妻が緊張気味の顔で出迎えてくれる。

披露宴は盛大なものだった。まるで隠し芸大会のように宴(うたげ)は進んでいった。


「丸い窓を通して見る世界は丸い。四角い窓を通して見る世界は四角い。でも、外に出て見る世界は、丸でも、四角でもない。外に出ることを恐れず、そこでいろんなものを見てください」

長い宴の最後、山下課長はそうぼくたちに餞(はなむけ)の言葉をくれた。

「ねえ、この家、縁側がないよ」

一通り家の中を見たあと、麻美さんが言う。玄関を入って左側に浴室とトイレ、正面にリビングダイニング。二階には洋室が三部屋。それがぼくたちの新居となるはずの家だ。南側に大きな窓があるリビングに、明るい日差しが差し込んでいる。大きな窓を通して、隣の公園が見える。

「洋室を基本とした間取りとなっています」

案内してくれた不動産屋のお兄さんが言う。

「そう――。でも麻美さんのご両親が選んだ家だよ」

「そうだけど……」

麻美さんはなんだか不満そうだ。「ぼくがどれだけ両親の説得に苦労したのかを知っているのか」出かかったその言葉を飲み込んだ。一人娘のために彼女の両親はできる限りのことをしてくれた。そのことに感謝している。でも、ぼくたちの新居は、ぼくと彼女の父親の共有名義になることになっていた。

「縁側がそんなに必要なの……？」

「ううん」

「じゃあ、ここにしようよ」

「そうね」

♡

祐二くんはもしかしたら、初めてのキスの時に見えたあの光景を見ていないのかもしれない……。

平成七年正月

♠

妻が分娩室に入るのを見届け、ぼくは待合室に戻った。

もうすぐ、二人目の子供が生まれる。予定日より二週間近く遅い。明け方近くになって、急に陣痛を訴えた妻は、破水していた。ぼくは慌てて救急車を呼び、冷や汗を流しながら痛みに耐える妻を励ましながら病院に向かった。病院に着くまでの時間はひどく長く感じられた。病院に着き、ストレッチャーに乗せられた妻が分娩室に入っていったのがつい先ほどのことだった。

上が男の子だったから、下は女の子がいい――。

妻はそう言っていた。早生まれだから、おととしの秋生まれた知己と一学年違いとなる。手をつないだ兄と妹がランドセルを背負って学校に向かう、そんな風景が目に浮かぶ。

午前五時四十五分――。

待合室のテレビは朝のニュースを流していた。ぼくは、椅子に座り、ぼんやりとテレビの画面を眺めていた。

かちっ――。壁にかかった時計の針が進む。

その時、激しい揺れを感じた。床が波打つような揺れが長く続く。かなり大きな地震だ。サイドボードの上でブラウン管型の大型テレビがカタカタと小刻みに揺れている。マガジンラックが大きな音をたてて倒れ、雑誌が散乱する。

「麻美さん」

分娩室の方を見る。扉は閉まったままだ。立ち上がろうとしたが、立ち上がれない。ぼくは椅子にしがみついた。

しばらくして揺れが収まると、ぼくは分娩室に向かった。分娩室から出てきた看護婦は、「大丈夫です」と声をかけてくれた。ほっと胸をなでおろす。

待合室に戻ると、テレビではアナウンサーが緊張した顔で、差し出された原稿を読んでいた。

――先ほど、関西地方で大きな地震がありました。

各地の震度を示すテレビの画面を見る。大阪市、京都市、宝塚市、西宮市……各地の震度は表示されているのに、神戸市だけがぽつんと空白になっていて、いつまで経っても表示されなかった。「震度7」、見たことのない文字が神戸市に表示されたのは、しばらくしてからだった。

その後、現地からの映像が入ってくる。高速道路の高架橋が横倒しになっている。ビルから、住宅から黒い煙が立ち上がっている。ヘリコプターから写し出される神戸の街は爆撃を受けたような惨状だった。

生まれてくる子の誕生日には、いつもこの記憶がつきまとう……。

一時間後、妻は無事、元気な女の子を出産した。

ぼくは二人の子の父親となった。


その日、ぼくは娘の奈津実にミルクを飲ませながら、リビングのソファに座りテレビの画像を見ていた。妻はダイニングで知己と遊んでいる。久し振りに休みをとったのだがあいにくの雨、今年の五月は雨が多い。しかも、今日は五月にしてはかなり肌寒い。この前の日曜日にストーブを片付けてしまったことを後悔した。

画面には、警察が建物を囲み、突入の時期を窺っている様子が写し出されている。「サティアン」と呼ばれる白い張りぼてのような建物に警察官がアリのように群がっている。アナウンサーが言葉巧みに臨場感を伝えてくる。それはかすかに記憶に残る連合赤軍による事件の時の報道に似ていた。三月に東京の地下鉄で毒ガスが撒（ま）かれる事件が起き、あるでいる。

宗教団体によるものだとして警察が捜査に入っていた。今、その本拠地を警察が取り囲ん

かつてテレビでよく見た男が首謀者として逮捕された。この時、突入した警官は、カナリアを入れた鳥かごを手にしていたことを、のちの報道で知った。

この宗教団体は東の大国とのつながりも指摘されていた。信者の幹部には高学歴の者が多くいたという。そう言えば、連合赤軍の時も、学歴が話題になっていたと思う。「勉強だけできてもね」そんな言葉がまた囁かれるのだろう。

「オウム……？」

いつの間にか、知己を抱っこした妻が横でテレビを見ている。

「そうみたい」

「これってどこ？」

「上九一色(かみくいっしき)村だって」

「どの辺り？」

「山梨県。富士山の北側みたい」

「あのヨガやっていたおっさん、捕まるんだね」

「うん」

「怖いね、宗教は――」

妻は知己に言い聞かせるように言った。そんなことで簡単に片付けてしまっていいもの

なのかぼくにはよく分からなった。何か違うような気もしていた。でも、テレビで流される映像を見ていても、現実感が湧かなかったのは事実だった。大変なことが起きていることはなんとなく理解していたが、「宗教は怖い」、そんな程度の感想しか浮かんでこなかった。

奈津実が生まれて一年後、妻は育児休業から職場に復帰した。

平成八年春

♡

春の休日、二人の子を連れて自宅近くの公園に行く。

ベビーカーに奈津実を乗せ、知己の手を引く。

暖かな日差しに包まれる。親子三人。夫は今日も出勤でいない。

「今日も仕事なの？」

休日の朝、いつものように出勤しようとする夫に向かって言う。

「ごめん、年度末だから」

夫はここしばらく休んでいない。平日も帰りは十時過ぎだった。忙しいのは年度末に限った話ではない。結婚した翌年度から夫は本庁勤務となり、それから三年、年々仕事は増え、それに比例するかのように夫の帰りは遅くなった。帰宅しても食事をして風呂に入り寝るだけ。私たちの会話は徐々に少なくなった。それでも、朝食だけは一緒にとる。その習慣だけは続いている。

「休めないの？」

「ごめん」

夫が困った顔をする。私の好きな顔。でも、今は見たくなかった。

「休みぐらい、子供たちの面倒見てよ」

少し口調がきつくなった。子供が生まれてから、私の生活は子供中心となった。そして、私の時間はどんどん削られていく。家という狭い空間に、自分と二人の子供だけがいる。そのことに息苦しさを覚える時がある。

「お義母さんのところにでも行ったら？」

「毎日、行けるわけないでしょ」

自分でも言葉に棘（とげ）があることがわかる。

実家の母は多趣味だ。「いつでも遊びにおいで」と言いながら、実際に行こうとすると、なんやかんやと用事があると言って断られる。遊びに行ったら行ったで、長時間いるとだんだん不機嫌になってくるのが分かる。「祐二さんはどうしているの?」そんな時、決まって母は聞く。私が仕事と答えると、「本当に仕事なの?」と不審がる。母は、夫が仕事にかこつけて浮気しているのではないかと疑っている。「公務員ってそんなに仕事が忙しいの?」それが、母の公務員に対する認識だ。銀行員の父が、休日になると接待ゴルフと言って出かけているのは、なんとも思わないのに……。

私は夫が浮気をしているのではと疑ったことなどない。毎日、くたくたになって帰ってくる夫を見ていれば、浮気なんかしている余裕などどこにもないと思う。煙草の匂いが染みついたスーツに、女性の気配は感じられない。でも、「本当に仕事なの?」と、ふと聞いてみたくなる時もある。

「………」

夫は無言のまま出て行った。閉じられた扉に向かって私は深くため息をつく。

ベンチに座る。休日の公園は家族連れであふれていた。親子で楽しそうに遊んでいる様子は、微笑ましくもあり、うらやましくもあった。

祐二くんと私と知己と奈津実。公園で遊ぶ四人の姿を想像する。一人いないだけで、こうも風景は違うのだろうか。

知己がおぼつかない足取りで砂場に向かう。ベビーカーの中では奈津実がすやすやと眠っている。

「かわいいね。何歳？」

その声に振り返る。小さな子を抱っこした女性がベビーカーをのぞき込んでいる。私より随分年上に見える。四十過ぎのようだ。

「一歳になったところです」

「そう、うちの子と同い年ね。女の子？」

「はい」

「いいな。私も女の子が欲しかったんだけど……」

抱っこしている子は男の子のようだ。盛んに指をしゃぶっている。

「一人……？」

「いいえ、上に男の子が」

私は砂場の方に目をやる。知己は砂場で砂山らしきものの製作に取りかかっていた。

女性は、私の視線を追い、知己を見つけると、「いいわね」と言った。

「ごめんなさい。私、佐久間さつき。この子は大介」

「浅野麻美です。上の子は知己で、二歳です。下のこの子は、奈津実です」

さつきさんは私の横に座る。

「いつもここに……？」

「いいえ、休みの日に時々。普段は働いているので……」

「働いているの……？　お子さんはどうしているの？」

「保育園。送り迎えは実家の母にお願いして」

「いいな……」

　さつきさんがぽつりと言う。

「さつきさんは？」

「私は、一人で……。どっちも実家は遠いから頼むことができなくて。だから、毎日、大介を連れてこの公園に来るの。ここに来て、みんなが遊んでいるのを見ているだけ……。アパートで一人きりでこの子とずっといるとなんだか息苦しくなって……、それで、外に出ることにしているの。でも、外に出ても一人きりには変わらないんだけどね」

　さつきさんの顔に寂しそうな笑みが浮かぶ。

「大変ですね」

　そうとしか言えなかった。砂場で遊ぶ知己を見る。こんもりとした砂山ができている。

「結婚して、子供ができても、仕事を続けることができるなんてうらやましいわ」

「えっ？」

　思いがけなかった言葉に、私は戸惑う。結婚した時、母に仕事を辞めたらと言われたことがあったが、自分の周りでは結婚しても退職する子は少なかったし、それが普通と思っていた。

「私は、仕事を辞めざるを得なかった。ようやく仕事の面白さが分かってきたんだけどね……。失礼かもしれないけど、麻美さんは、どちらに……？」

「県庁です」

「公務員か……。やっぱり、民間とは違うのね――」

「そんなこと――」

私の職場は恵まれているのだろうか……。そんなことは考えてみたことはなかった。

「結婚したら退職する。それが会社のルールだって。夫もそうしてくれって。なんでだろうね……」

「でも……」

「四十近くになってようやく結婚できたの。仕事を続けたいなんてわがまま言えないよね。それに、こうして子供もできたのだから、これで満足しなければいけないんだよね……」

さつきさんは自分に言い聞かせるように言う。何か違うような気がする。きっと、山下課長なら「そんなことはない。女性だからといって諦めることはない。やりたいことをやればいい」と言うだろう。でも、私にはさつきさんにそこまで言う勇気はなかった。

知己が生まれた時、母は今度こそ私が退職するものだと思い込んでいたようだ。だから、私が仕事を続けると言った時、びっくりしたような顔をされた。「祐二さんはなんて言っているの」と聞かれ、「麻美さんが決めたことなら、それでいいよ」と言っていたと伝えると、母はあきれたような顔をしていた。

結婚、出産、それは女性にとってやりたいことを犠牲にしても釣り合うものだろうか。私はやりたいことがあって仕事を続けているわけではない。なんとなく続けているだけ。

でも、それができるということは周りから見ると、うらやましいことなんだと、さつきさんの言葉に気付かされた。

「ごめんね、なんか、愚痴言っちゃって」

それだけ言って、さつきさんは立ち上がる。

「いえ、また、会ったら声をかけてくださいね」

「ありがとう。でも、私、もうすぐ引っ越さなければいけないの。夫が福岡に転勤になったから……。今日、話できて助かった。少しだけすっきりした」

それだけ言い残すと、さつきさんは公園を出て行った。

平成十年秋

♡

庁内公募——。

最初、回覧文書にあるその単語の意味がよく分からなかった。耳慣れない言葉だった。

どうやら、人材を必要とする部署が、職員に対し、希望者を募るというものらしい。毎年秋の勤務評定の時に異動希望調書を提出しているが、それは形式的なもので、上司による聞き取りもなく、書いた希望がどこまで相手側に伝わっているのかはさっぱり分からない。私も希望を書いていた時期があったが、異動の内示の際に、上司から希望と異なる内示を受けることが続くと、異動希望は書くだけで、決して叶うことはないと思うようになった。だから、ここ数年は面倒くさくなり、「特になし」としか書いていない。同期の中には、採用一年目で希望を書いたら、上司から怒られたという者もいた。その話を聞いた時、希望を書くのにも周りの状況を斟酌しなければいけないと思った。異動一年目では希望を書いてはいけない、二年目、三年目に来年度誰が残りそうかということを考えながら書かなければいけない。そんな不文律があるみたいだ。なんか変だと思うけど、なんとなくそれに従ってしまう自分がいる。紙に書かれた文字だけでその職員の希望を読み取ることができるなんて能力を、誰もが持っているわけではないだろう。一方で、自分の希望を直接上司に言う機会なんて限られている。上司と直接話すことができるのは宴会の席ぐらいだったし、そもそも、酔ってする話のうち、どのくらいが記憶に残っているのかも疑わしい。それに比べ、公募は募集をかけた部署が必要とする人材かどうかを直接判断する。自己推薦書を提出し、書類選考ののち、面接試験により合否が決定される。直接自分を売り込むチャンスだった。

公募をかけている部署の一覧に目を通すと、ある部署が目にとまった。それは山下課長がかつて主査として勤務していた部署だった。私が新採の時、課長はよく自慢げにその部署での仕事が今までで一番思い出に残っているし、面白かったと語っていた。

この仕事、してみたいな。

きっかけはたいしたことではなかったのかもしれない。でも、一旦思い込むと、それが絶対になった。

募集期限まではまだ日数がある。

本当の仕事――。

もしかしたら、それを見つけることができるかもしれない。そう思ったらなんだか気持ちが高まってきた。

課長が、やりがいがあるといった仕事と同じ仕事ができる。どちらかと言うとその期待の方が大きかった。応募する前からそこで仕事をする自分の姿を思い浮かべる。心の片隅で、私は何か大きな思い違いをしているのかもしれないと思いもしたが、すぐにそんなことはないと否定する。もともと私がやってみたい仕事だった。だから、前に異動希望を出したこともある、と。それは採用二年目の時で、あとで山下課長から「僕が面白いと言ったからって、希望を出してもダメだよ。もう少しちゃんと考えてからにした方がいいよ」と甘い考えを諭(さと)され、「それに、林さんにはもう一年はここでしっかり勉強してもらいたい。本庁にはこの子はできる子だからと胸を張って推薦したいからね」と言われていた。その言葉を頼りに一年頑張ったが、山下課長のあとにきた課長は、異動希望を出していた私に、内示の席で、あっさり「残留」と告げただけだった。

その後、結婚、出産と続いたため、すっかり忘れていたが、あの時の希望を叶えるチャンスがようやくやってきたのだと思った。

夫に相談する前に、課長の意見を聞いてみたかった。課長だったら私に何かアドバイスをくれるはずだ。そう思うと、いてもたってもいられなくなった。

銀行に出張に出たついでに、近くにあった電話ボックスに入った。ここ数年で携帯電話が急速に普及していた。それにつれて公衆電話の数が減ってきている。そう言えば、公園の近くにあったはずの電話ボックスがいつの間にかなくなっていた。周りでも携帯電話を持つ人が増えている。夫とも「そろそろどうしようか」と話はしていたが、まだ料金が高く、買うことを躊躇(ちゅうちょ)していた。

手帳を開き、電話帳を見る。山下課長の番号を探す。課長は今では本庁の次長だった。緑色の電話機の受話器を上げ、テレホンカードを差し込む。友人の結婚式でもらったものだ。二人の名前と結婚記念日が印刷されている。穴を開けるのは忍びなかったが、やむを得ない。ボタンをプッシュする。コール三回で、女性の声がする。「はい、山下次長席です」私は所属と氏名を名乗り、課長が在席かどうか確認する。

保留音が途切れ、懐かしい声が受話器から聞こえてきた。

――ご無沙汰しています。林麻美です。

私はあえて旧姓を名乗った。

――林さん……久し振りだね。「浅野さんという女性の方から」と言われたから誰かと思っていたら、君だったのか。懐かしいな。いつ以来になるのかな?

やはり、課長には旧姓の方が、馴染みがあるようだ。

——奥様のお通夜の時以来かと……。

——そんなになるのか……。去年、妻の三周忌をやったところだから……かれこれ四年になるのか……。そうすると、あの時、お腹にいた子はもう……。

その頃、私のお腹には奈津実がいた。あの時、課長は病院の廊下で、「元気な子が生まれるといいな」と言ってくれた。でも、そのことを夫は知らない。

——三歳になりました。女の子ですけど、やんちゃで、手を焼いています。

課長とは新採の時から、年賀状のやりとりをしている。ここ数年は家族写真の年賀状を送っているので子供が無事生まれたことは知っているはずだった。課長からは、「元気でやっていますか」と手書きのメッセージが添えられた年賀状が毎年届く。

新採の頃はごく当たり前に職員の住所一覧が配られていた。最近、「個人情報保護」という言葉をよく聞くようになった。知己と奈津実が通う保育園でも、園児の住所一覧から親の職業欄がなくなった。保護者の間からは、住所の記載もなくしてはという意見も出ていると聞く。なんとなく、人と人のつながりがどんどん希薄になっていくような気がする。そのうち住所一覧も作成されなくなるのかもしれない。自分が住んでいるところを他人に知られたぐらいで、どうってことないと思う。でも、そのことを気にする人がいるのも事実だった。

——そうか、それは大変だな……。で、今日はどういった話なのかな?

――私、庁内公募に応募してみようと思っているんです。

――公募。いい制度ができたな。職員が自分でやりたい仕事を選ぶことができるなんて、僕たちの頃には想像もできなかったことだよ。希望なんて紙に書くだけで、きちんと上司に言う機会すらほとんどなかったからね。よく人事課も導入に踏み切ったと思うよ。で、林さんはどこに応募するつもりなの？

かつて課長がいた課の名前を告げる。

――あそこか。大変だけど、やりがいのある仕事だと思うよ。

――課長は前にいらしたんですよね。

――そう。かなり前になるけど……ま、いろいろあったけど、今となってはいい思い出だな。

――私もそんな仕事をやってみたいです。

――そうか、ようやく林さんにも本当の仕事が見つかったみたいだね。チャレンジしてみるのはいいことだと思うよ。それに、あそこは、好奇心が旺盛（おうせい）な林さんにはうってつけの職場かもしれないな。

――私ってそんなに好奇心旺盛でしたか？

――そう、新採の時はなんにでも食いついてきた。

――それって、褒めているんですか？

――決まっているだろう。僕は、冗談は言わないよ。

――そうですか？　花見の日の翌日に課長から言われたことも冗談じゃなかったんですね。私、真に受けていたんですけど、あとから、先輩にあれは冗談に決まっているからと言われて……てっきり、課長が私をからかっていたとばかり思っていたんですが……。

花見の日の翌日に課長に言われたことを思い出す。「妻には内緒にしておいてくれないか」あれは、私をからかっていただけのはずだ。

――いや、時には冗談を言うかも。

電話の向こうで苦笑する課長の顔を思い浮かべる。少し意地悪が過ぎたかなと思う。でも、こういう会話を交わすことができて楽しかった。

――いろいろとアドバイスをいただき、ありがとうございました。応募してみます。

――一つ聞いてもいいかな。

――なんですか。

――公募に応募する理由は、前みたいに、あこがれ――ではないよね。

――……。

――言っておくけど、あこがれだけでは仕事はできないよ。

声のトーンが急に変わった。私を心配してくれている。その気持ちがうれしかった。

――はい、それは分かっています。

そう答えたものの、本当に分かっているのだろうか？　自信はなかった。私が公募に応募しようと思ったのは、単に課長が、やりがいがあると言ったからなのかもしれない。でも、私は一歩を踏み出したかった。きっかけはあこがれでもいい、一度はやりたいと思った仕事をしてみたい。

――ならよかった。お子さんがまだ小さいから大変かもしれないけど、希望が叶うといいな。それと、浅野くんにも家事と育児をするよう言ってやりなよ。奥さんが本庁で頑張るのだから、旦那にはそれなりに覚悟を持ってもらわないと。とにかく、頑張れよ。

――ありがとうございました。頑張ってみます。

受話器をフックにかける。電話機に向かって頭を下げる。ピィピィという音とともにテレホンカードがはき出される。課長に電話してよかった。そう思った。

電話ボックスを出ると、外には雲一つない青空が広がっていた。


休日の朝、向かいの席で夫がテーブルに広げた新聞を読みながら、トーストをかじっている。スポーツ欄には今週末から始まる日本シリーズの予想が大きく出ている。三十八年振りにリーグを制覇した横浜とリーグ二連覇の西武が対戦するシリーズは、西武が有利と言われているようだった。野球にそれほど興味のない私でも、テレビのニュースでそのくらいのことは知っていた。

パンくずがテーブルの上に散らかっている。新聞の記事を目で追う夫は、そんなことを全然気にしていない。夫は食べこぼしが多い。皿があるのだから皿の上にちゃんと落としてよと思う。あとでテーブルを拭くのは私なんだから――。箸の使い方も下手で、よくつかみ損ねて食べ物を床に落とす。「三秒ルール」夫はそう言って、落ちたものを平気で手でつかんで口に運ぶ。しかも、その手をズボンでぬぐう。まるで子供だ。そんな夫は、知己とどこも変わりはしない。我が家の食卓では、子供が一人増えているとしか思えない。「子供がまねをするからやめてよ」と言っても、「大丈夫だから」と言って、夫は取り合おうとはしない。あなたが大丈夫でも、子供たちは大丈夫じゃないの。私の思いを夫は理解してくれない。食べこぼしが多いから、夫には白い服はできる限り着させないようにしている。染みになったら大変だ。夫は染みの付いたシャツでも平気で着る。恥ずかしい思いをするのは、一緒に歩く私の方だった。こと服装に関しては無頓着と言うか何も考えていないとしか思えない。あのきついお義母さんに育てられたのに、どうしてこうなのだろうといつも不思議に思う。

　私と夫の間に置かれたペンギンの絵柄のマグカップからは、コーヒーの香ばしい匂いが漂ってくる。平日の朝よりもゆっくりと時間が流れている。リビングでは知己と奈津実がブロックで遊んでいる。知己はブロック遊びが大好きだ。いつも独創的なものを作っては私に見せてくれる。もしかすると、芸術の才能があるのかもしれない。そう思うのは親バカなのだろう。夫に言っても「そんなわけないだろう。ぼくも麻美さんも美術の成績はよくなかったよね」と一蹴される。才能は遺伝によって引き継がれるとは限らない。突然変異ってこともある。だから、私は知己の将来に期待している。

　結婚して六年、子供たちが保育園に通うようになり、生活のリズムも落ち着いてきた。

相変わらず子供中心の生活ではあるが、家族四人の時間もとれるようになった。夫がいて、子供たちがいる。絵に描いたような幸せな風景が私の前に広がっている。私は家族がいることを実感する。それを幸せに感じる。

リビングの窓から見える外の世界には秋の日差しがあふれている。今日はいい天気になりそうだった。こんな日は、買ったばかりの新車に乗って、みんなでドライブに行けたらいいなと思う。まだ、紅葉には早いかもしれないけど、それなりに山は色づいているだろう。景色がいいところに行って、胸いっぱいに新鮮な空気を吸い込みたかった。

先日、これからは家族みんなで遠出することもあるからと、夫は初めて七人乗りのミニバンを購入した。ここ数年、セダンタイプの車よりも、ワンボックスタイプのミニバンの方が売れている。街でも赤やシルバーのミニバンをよく見かけるようになった。購入したばかりの新車は、三列シートで荷物もたくさん積むことができる。足元はゆったりしていて、長い時間、車に乗っていても窮屈な思いをしないで済む。しかも、カーナビゲーション付きで、もう助手席で地図を見る必要はなくなった。目的地をセットするだけで女性の声が道案内をしてくれる。CDを入れると、カーステレオから重低音が響いてくる。私が初めて乗った夫の車は軽自動車で、エアコンもなければ、パワーウィンドウも、パワーステアリングもなかった。カーステレオはカセットテープで、ミッションはマニュアルだった。十年もしないうちにこんなに変わるなんて思ってもみなかった。値は少し張ったが、買ってよかったと思う。これからは家族みんなでゆったりと遠出できる。なんだか楽しみが増えた感じがする。

「私、庁内公募に応募してみようと思うの」

夫にそう切り出す。新聞に目をやったまま、マグカップに伸ばしかけた夫の手が止まる。

「公募――？」

夫は、今一つピンときていないようだった。コピーしてきた募集要項をテーブルの上に滑らせる。

「ここの部署、私がやりたいと思っていたところなの。今まで希望を書いても通らなかったから、応募してみたいの」

ようやく夫は新聞から目を離し、私の手元を見る。

「ここって――」

「そう、本庁」

夫は結婚した翌年度から本庁勤務となった。私は、出産、育休を繰り返したあと、子供が小さいということもあり、同じ地方事務所の別の課に異動していた。その課も今年で三年目となる。

「それは見れば分かる。でも、どうしてここなの？」

「それは……」さすがに課長が前にやりがいがあると言ったからとは言えなかったし、そもそも、その話を夫は知らない。「前からやってみたいと希望を出していたところだから」

とっさにそう言った。一度言ってしまえば、前からずっとそう思っていたような気分になった。

「そうだったかな……麻美さんがこういった仕事に興味があるなんてことは、聞いた覚えがないけど……」

「言わなかったかな」

悪いと思ったが、適当に誤魔化す。夫にこの手の話をした覚えはなかった。そもそも、希望を書いたのは一度きりだった。でも、ここは押し通すしかなかった。

「ごめん。ぼくが忘れていただけかもしれない。でも、単に、どこでもいいから本庁で働きたいということじゃないよね」

深く突っ込んでこない夫に感謝する。

「そんなわけないでしょ。祐二くんを見ていて、本庁の仕事がどれだけ大変なのかは分かっているつもり。でも、これは、私がやりたい仕事なの」

これは私がやりたい仕事――。そう思い込む。

「本当に、大丈夫なのか?」

「大丈夫だと……思う」

目を伏せる。視線の先には結婚指輪がある。夫と一緒に買った指輪。無意識のうちにリングをいじる。

夫を見ていて、本庁勤務が並大抵のものではないことは分かっているつもりだった。それでもやっていけるという根拠のない自信だけはあった。でも、面と向かって「大丈夫なのか」と聞かれると、自信が揺らぐ。

「今、県庁は大変な時期なんだ。どこもかしこも予算が削られてひいひい言っている。一度ついた予算についても見直しになって、みんな仕事に余裕がなくなってきている。だから、前より仕事はかなりきつくなっている。そんなところに行っても大変なだけじゃないのかな」

バブル経済が崩壊したあと、景気は一向に上昇する気配を見せていない。昨年四月に消費税が五パーセントに引き上げられたことで、消費は落ち込んでいる。金融機関はバブル崩壊のつけに苦しんでいて、去年は潰れることはないと思われていた都市銀行、さらには大手証券会社が倒産した。今年三月に世論の反対を押し切って、政府は経営に苦しむ金融機関に、公的資金つまり税金を投入することを決めた。でも、負の連鎖は止まらず、つい先日は政府系の金融機関が破綻した。

今年度から部の筆頭課である主管課で予算を担当するようになった夫は、今までしたこともなかった経済の話題をするようになった。春からは経済新聞の購読も始めている。なんだかいっぱしのエリートビジネスマンの夫を持ったような気にもなったが、私には夫の話は半分ぐらいしか理解できなかった。滔々（とうとう）と話す姿を黙って見ていると、夫が遠くに行ってしまったようで寂しかった。

予算策定が始まり、財政課の厳しい査定を受けている夫は、連日、説明資料の作成に追われていた。「前年の七割で予算を組めと言われてもね」夫がこぼす。「七〇パーセントのシーリングが二年続けば、半分になるということが分かっているのかな……そんな額で一体、何ができるって言うんだ。財政課は数字だけ収まればいいんだから……」

　ここ数日、疲れ切った夫が帰るのは終電近くで、時には日付をまたぐこともあった。夫の話だと、金融危機の影響で県の税収は伸びず、今年度予算では今まで積み立てきた基金がかなり取り崩されているということだった。県の財政は火の車だった。「今年度は赤字になるかも」と夫は言っていた。来年度の税収見込みも芳しくなさそうだ。しかし、地方機関にいると入ってくる情報が少ないせいか、そういった話はあまり身近に感じられない。

　先日見た職員組合の新聞に、県は来年度から職員の給与カットに踏み切るとあった。組合としては強く反対したが、県の今の状況を見るにやむなく同意したと書いてあった。給料がカットされるなんて……公務員になった頃は、そんな日が来るとは思いもよらなかった。公務員は身分も給与も安定している、それが、私が就職した頃の常識だった。しかし、給与カット、それが私たちの前にある現実だった。

　忙しいはずの夫だが、家では時間があるとゲームばかりしている。ポケットモンスターの新しいゲームソフトが出たとかで、夢中になって小さな画面の中にいる黄色い小太りのネズミと遊んでいる。「ポケモンをゲットした」と五歳になった知己にゲームボーイの画面を見せながら自慢する。そんな夫の姿は子供そのものだった。ゲームをやっている時間があるのならもう少し家事や育児を手伝ってくれてもいいのにと思わないこともない。でも、ゲームに熱中する夫の姿を見ていると、ゲームをすることで、夫は仕事に忙殺される心の均衡を保っているのかもしれないと思う。ただ、夫が現実逃避をするその世界は、私には馴染みのない世界だった。シリーズの前作をやらせてもらったことがあるが、「これ虫取りと同じよね」と言ったら、夫は二度とやらせてくれなくなった。現実から離脱した夫がいる世界に、私はいなかった。

「どうしてもやってみたいの。チャンスだと思うの」

顔を上げ、夫の顔を見つめる。

──チャレンジしてみるのはいいことだと思うよ。

山下課長の言葉が私の背中を押す。

夫は視線をそらすと、黙ってテーブルの上の募集要項を手に取り、ざっと目を通す。

「やっぱり、やめた方がいいと思う」

一通り内容を確認した夫が、募集要項をダイニングのテーブルに投げ出す。眉間に皺を寄せ、難しい顔をしている。夫が私の意見に反対するのは初めてだった。いつもは、「麻美さんが決めたことなら」と賛成してくれる。今回も、賛成してくれるものだと思い込んでいたので意外だった。

「どうして……ダメなの？」

「まともに帰れないよ。知己と奈津実の面倒はどうするつもり？」

知己と奈津実は保育園に通わせている。送りは私で、迎えは実家の母に頼んでいた。

「実家の母に頼むつもり──」

「夕食の支度は……?」

自宅から本庁までは、通勤に一時間はかかる。今の通勤時間の倍以上だ。定時に終わったとしても家に着くのは七時近くになる。

「それも母に——」

「お義母さんは、なんて言っているの?」

「孫の世話は好きだから、大丈夫と言ってくれたわ」

夫が考え込む。夫の両親が、孫の顔をたまには見せに来てくれと言ってきていることは知っている。孫の世話を私の実家ばかりに頼っていることを夫の両親は快く思っていない。知己はどちらの親にとっても初孫だった。かわいがりたくてしょうがないのだろう。盆や正月に、夫の実家に顔を出すと、「もっと知己や奈津実を連れてきてくれてもいいのよ。あちらのお母さんにばかりご迷惑をおかけしても申し訳ないから」と、夫がいないところで義母にいつも嫌みを言われる。

奈津実に実家の母からもらった服を着せていった時は、「奈津実ちゃん、いつもかわいい服着ているね。高いんじゃないの? 麻美さんが選んでいるの?」と聞かれ、「実家の母がくれたんです」と応えたら、「いいわね。私はあまり子供服を選んだことがないからどんな服を買ってあげたらいいのか分からないの」と言われた。

私は母に子供服をねだったことは一度もない。ブランドの服を着せようと思ったこともない。なのに、母は気が向いた時に買ってくるのだ。子供服だけでなく、私や夫の服も思いつくままに買ってくる。母は人にものを買ってあげる癖がある。それは、自分が選んだものだからきっと喜んでもらえるという根拠ない自信によるものだった。うれしい時もあるが、明らかに自分に似合わないものもあり、はた迷惑に感じる時もある。夫は母から送られた服を一度も着たことがない。母に、「こんな派手な服着ることできない」と言っても、「せっかく、麻美に似合うと思って買ったんだから……いつか着る時もあるはずだから。その時に着てちょうだい」と強引に押しつけてくる。結局「ありがとう」と言って受け取る。

夫に言わせると、私は母親に対する服従度が高いのだそうだ。小さい時から勝手気ままな母に言われるがまま従ってきた。私が何かしようとすると、母が口を挟む。母の言うことに反論しようものなら、逆にやりこめられる。今でこそ違うが、子供の頃は母の存在は絶対だった。だから、大人になった今でも、母に強く言われると逆らえない。

私と母のそんな関係を義母は知らない。だから、平気で私に嫌みを言う。

嫌みを言われるたびに、文句があるのなら、夫に直接言ってくれればいいのにと思うが、義母は絶対そんなことはしない。自分の息子はかわいいのだ。息子に愚痴は言いたくない。愚痴を言って「そんなこと言われても」と、反論されたくないのだ。だから私に嫌みを言う。嫌みを言われた私がどんな思いをするかなど考えもしない。親とはそんな鈍感さを持っている。私が何かと実家の親を頼るので、夫の両親にしてみれば、跡取り息子を盗られたと思えるのだろう。

夫には一つ違いの兄がいるが、私たちが結婚した翌年、親に相談することなく勝手に婿養子に入って家を出て行った。そんな事情があるから義兄は夫の実家にはほとんど顔を出さない。次男の嫁のはずが、いつの間にか跡取り息子の嫁となってしまった。話が違うと思ったが、そんなことを言ったところで状況は何も変わらない。あわよくば夫を婿養子にと思っていた私の両親も諦めざるを得なかった。ただ、母は腹に据えかねたのか「あちらも、長男がいるのだから、長男にちゃんと跡をとってもらうようにしてくれなくちゃ困るんだけど」と私に愚痴をこぼした。

義兄が出て行った頃から、義母の私に対する態度がきつくなった。跡取り息子の嫁となったとたん、今まで、次男の嫁だからと大目に見ていた部分が、目に付くようになったのだろう。次男の嫁のつもりでいた私にとっては、いい迷惑だった。

跡取り息子の嫁としての及第点をもらえない私は、何かにつけて義母に小言を言われる。それは私には嫌みにしか聞こえない。あとで、夫に嫌みを言われたことを話しても、どっちつかずの態度で、まともに取り合ってくれたことはない。夫にとっては面倒な話なのだろうと思う。でも、私にとっては「面倒」の一言で片付けられる話ではない。親と、妻との間で板挟みになっていることは分からないでもないけど、これくらいは私の味方になってほしいと思う。たいしたことではないと私には思えるのだが、夫にとってはたいしたことなのかもしれない。だから、曖昧な態度しかとれないのだろう。でも、そのことを私は不満に思う。

恐らく義母も同じ経験をしてきたのだろう。「自分がやられたことを次の代にはしないようにしよう」という きれい事は、なかなかできるものではない。それほど人間は寛容ではないと思う。私も将来、知己のお嫁さんに対し、同じような感情を抱くようになるような気がする。

自分がやられたのだから、やってもいいんだ。やらなきゃ損だ——。

そんな甘い囁きが私にとりついている。

「麻美さん、子育てと仕事の両立はそんなに甘いものじゃないよ。結婚して、子供ができたら自宅近くの地方機関へ異動していく女の子を何人も見てきている。みんな、自分の家の近くじゃないと子育てと仕事は両立しないと思っているんじゃないのかな。今の麻美さんの職場は、その点一番いいところだと思うよ」

夫の言葉で我に返る。

「そんなことは……分かっている——」

分かっている……つもりだ。だけど、強くは言い返せなかった。決して甘くみていたわけではないと思う。でも、なんとかなるだろうという楽観的な思いが私を支配していたことも事実だった。

私は、自分の本当の仕事をしたいだけ——。本庁での仕事の厳しさを夫は身をもって感じている。私はそのことが分かっていない——。そんなことは分かる。でも、今のままでは、出産、育児をする女性が圧倒的に不利だ。やりたいと思う仕事をやらずに、公務員生活を終えたくはなかった。私の中で、単なるあこがれだったかもしれない思いは、いつしかやらなければいけないという決意に変わっていた。

「正直言って、今の状況だと麻美さんには無理だと思う」

断定的に言われ、反発を覚える。やる前からそんなことは言われたくなかった。

「そんなこと、やってみなければ分からないでしょ」

思わず強い口調になった。

「やってみなくても想像はつくよ。本庁は子育てをする女性が勤務できるような場所ではないと思う。保育園から知己が熱を出したと連絡があったらどうする？　今みたいにすぐには行けないんだぞ」

夫は落ち着いた口調で返す。いつもは頼もしく感じる夫の口調が今は苛立たしく感じられる。通勤時間が長くなる分だけ、子供たちとの距離は遠くなる。それは確かだ。

でも……。

子育てをする女性――やはり、夫も育児と母親との関係を否定できずにいる。そのことが少し悲しかった。「子育ては母親だけがするものじゃないんだよ」そう言いたかった。夫が休日出勤をしたあの日の公園での風景が思い出される。家族で楽しく遊ぶ親子連れを見た時に感じた寂しさ。一人いないだけで、広がる風景は異なったものになる。そこにあるのは、子供たちの前にいるのが自分だけという孤独感。あの日のさつきさんもそんな孤独を感じていたのだろう。私が孤独を感じていることを夫にも分かってもらいたい。

夫は周りの父親たちに比べ、子育てには協力的だと思う。ミルクも飲ませてくれたし、おむつも交換してくれた。お風呂にも入れてくれた。どんなに忙しくても、保育園の行事は必ず都合をつけて参加してくれる。でも、それは母親がする子育てを手伝うというレベルだった。私の代わりに一日中、子供の面倒を見てくれたことはなかった。子供が熱を出した時、寄り添うのはいつも私の役目だった。寝付けない子供に絵本を読んであげるのはいつも私だった。本音を言えば、夫にもっと、育児や家のことをやってもらいたかった。手伝うのではなく、一緒にやってもらいたい。それが家族なのだと思う。

それに、時には私だって子育てから解放され、一人になりたいと思う。夫と子供たちを残し、一人でふらっと当てもなく出かける自分を想像してみる。

でも、どこへ……？

そこで、私の思考は止まる。

「何も今でなくても……。もう少し先でもいいんじゃないかな。子供たちがもう少し大きくなってからでも遅くないと思うけど」

「それでも、やってみたいの。今でないとダメなの！」

テーブルに両手をつく。マグカップの中でペンギンがびっくりしたように踊る。リビングで遊ぶ子供たちが、音に驚いて、不安そうな視線をこちらに送ってくる。

「ごめん、大きな声出して」

先送りなんかしたくなかった。子供たちが大きくなってからでは遅い。独身のまま本庁で活躍している同期の子の噂を聞くたびに、ざわついた気分になる。羨望。嫉み。焦り。後悔。もう三十と思い、まだ三十とも思う。

「そこまで言うのなら……」

最後は、夫が折れてくれた。でも、育児に協力するとは言わなかった。いや、言えなかったと思う。今の夫の仕事を見ていると、そこまで求めることはとてもできそうになかった。それは仕方ないことかもしれない。それでいい。私がやりたいと言ったことなのだから、私が頑張ればいい。私はそう思うことにした。

課長、ごめんなさい。私は夫に「一緒に子育てをして」とは言えなかった。

それでも、いざとなれば夫は私を助けてくれるはずだ。そんなことを期待する私は、夫の優しさに甘えすぎているのだろうか。

「いい天気だね」コーヒーを飲み終えた夫が窓の外を見て言う。「麻美さん、久し振りにドライブにでも出かけないか」

「うん」うれしかった。私と同じことを考えている。夫と私は同じ世界にいる。

「知己、奈津実、パパがドライブに連れていってくれるって」リビングにいる子供たちに声をかける。

「ドライブ、ドライブ」

知己がブロックで作った自動車らしきものを手に喜んでいる。奈津実もそんな兄を見て笑っている。

「ありがとう」夫に声をかける。

「いいよ。こんないい天気の日にドライブに行かないのは……なしだよね。ちょうどぼくも新車で麻美さんとどこかに出かけたい気分だったんだ」夫が微笑む。「で、どこに行こう？」

夫は優しい。そう、私にはこの家族がいる。

翌年三月の異動内示で、私は本庁勤務となった。

平成十二年秋

♠

雨が降っている。

大型で非常に強い台風が近づいている。

冷房は五時で切れ、締め切った事務室には、ねっとりとした暑さがこもっていた。扇風機が回っているものの、生ぬるい空気をかきまぜているだけで、吹き出す汗の前には何の役にもたたなかった。

昼過ぎから降り始めた雨は、夜になって激しさを増している。県庁の災害警戒体制は三段階のうちの二番目となる第二非常配備に移行していた。今頃、各課の当番職員が本庁舎六階に設置された対策本部に集まっているはずだ。

終業時間が近づくにつれ、課内の職員がそわそわし始めた。新幹線が運休したとの情報が流れたが、在来線と私鉄はまだ動いているようだった。それでも終業のベルとともに職員のほとんどが帰路に着く。

そんな上司や同僚を見送りつつ、ぼくは仕事を続けていた。明日までに仕上げなければいけない資料があったからだ。本庁勤務となって三所属目。今の所属に異動して三年目となり、仕事では後輩を指導する立場になった。予算を使う側からたてる側となり、全体像が見えるようになってきて、仕事が面白くなってきていた。忙しくはあったが、それなりに充実感もあった。

黙々とパソコンに向かう。本庁勤務となったばかりの頃は、まだワープロだった。それがパソコンとなり、来年度からは職員一人ひとりにパソコンが配備されるようになるという。ぼくもこの春、パソコンを購入した。プロバイダーと契約し、インターネットにつないだ。今ではピンクのクマが電子メールを運んできてくれる。

「浅野くん、電車止まったみたいだよ」

堆(うずたか)く積まれた書類の向こうから、女性の声がする。周りを見渡すと、職員はみんな退庁していた。声の主は、隣の島の吉永さんのようだったが、書類の影になって、彼女の姿は見えない。カタカタとキーボードを叩く音だけが聞こえてくる。

　吉永さんはぼくより年上で、ベテランの主査だった。いつもスーツにパンツ、足元はローファーという姿で、制服を着る職員はほとんどいなくなったものの、スカート姿が多い女性職員の中で、異質な存在だった。ストレートのロングヘアを縦巻きにカールしている。彼女の髪型が「名古屋巻き」と呼ばれていることを誰かから聞いた覚えがある。背は平均よりはやや高めで、颯爽と歩く姿はいかにも仕事ができるキャリアウーマンそのものだった。実際に吉永さんはとても仕事ができた。

「そうですか」

「今、青木主任主査からメールがあった。駅まで行ったけど、ダメだったみたい。どうもどこかの駅で線路が冠水したみたい」

　青木さんは、吉永さんと同じ担当の男性職員で、この四月に補佐級に昇任して異動してきた。

「なら、復旧までかなりかかりそうですね」

「主任主査は、駅で待つみたいだけど、朝までダメだろうね」

「こちらでも一緒ですよ。朝までここに缶詰です」

「みんな帰っちゃったみたいだし、二人きりね」

　その一言で手元が狂い、ミスタッチする。今更ながら、この事務室に残っているのはぼくと吉永さんだけだということを意識する。

外では相変わらず強い雨が降っている。窓が時折、ガタガタと音を立てる。戦前に建てられた本庁舎はあちらこちらにがたがきており、建物全体が震えているかのようだった。携帯を取り出すと、妻に「今日は帰れそうにない」とショートメールを送った。折り返し妻から「電車、止まったの?」と返信があり、「そうみたい」と返事を打つ。「今、どこ?」「職場」「ひとり? 誰か、他に残っているの?」そう聞かれて、ぼくはメールを打つ手を止める。書類の向こうにいるはずの吉永さんの様子を窺う。どう返事しようか迷った末に「ひとり」と返信する。

しばらくして、妻から「そう……こっちのことは心配いらないから。気を付けてね」と返事があった。返事が返ってくるまでの間が気になった。疑われたのだろうか……不安が頭をよぎる。

「奥さんにメール……?」

吉永さんの声。見えていないはずなのに、どうして分かったのだろうか?

「浅野くん、メールを打つ時にぶつぶつ言う癖があるんだね」

「えっ?」

電話は話すためのものだと思っていたぼくには、携帯電話がメールを打つための道具だという認識があまりなかった。だから、いまだに操作に慣れていないのは事実だったが、メールを打つ時にぶつぶつ言っていたとは気が付かなかった。そうすると、さっきの返信も聞かれたのだろうか……。

「奥さんは帰っているの？」

ぼくの心配をよそに、吉永さんは当たり障りのない話題を振ってくる。

「いえ。昨日、娘が通う保育園で運動会があって、今日が代休だったので、休んで家で子供の面倒を見ています」

昨日は、曇りがちだったがなんとか天気がもち、奈津実が通う保育園の運動会は無事行うことができた。

「運動会、浅野くんも行ったの？」

「そうですけど」

昨日の運動会では父親の姿を多く見かけた。それが当たり前のことだと思っていた。子供の行事でのお父さんの役割と言えば、ビデオ担当だった。ご多分に洩れず、ぼくも買ったばかりのハンディカムを手に娘の姿を追い続けた。初めての時はどの場所から撮ったらいいのか分からなかったが、回を重ねると、だいたいどの場所でカメラを構えればいいのか分かってくる。よくしたもので、周りを見ると同じようなお父さんが集まっている。自分の子供の出番が終わると、会釈を交わし、場所を代わる。

「家族思いだね。私の時なんて父親が運動会に来てくれたことなんて一度もなかった。もっとも自営業だったから仕方なかったのかもしれないけど……」

「家族思いですか……」

今一つ実感が湧かない。そんなこと考えてみたこともなかった。ごく当たり前のことをしているだけという感覚しかない。

「家のこともやっているの？　ご飯を作るとか、掃除をするとか、洗濯をするとか。ま、ゴミ出しぐらいはやっているか」

「いえ、それは……休みの日に時々手伝うぐらいで、ほとんど妻に任せています」

「そうか、ホリデーパパってところか」

「ホリデーパパ？」

「休みの日だけ家事や育児に参加する父親のこと。私の造語」

子供が赤ん坊の頃には、ミルクを飲ませたりおむつを替えたり、お風呂に入れたりはしたが、妻の家事を手伝った覚えはなかった。

「それじゃ、奥さん大変だね。浅野くん、知っている？　一週間は休日より平日の方が多いんだよ」

「そんなことぐらい知っていますよ」

そう答えて、はっとした。

「分かったみたいね。だから、男はもっと仕事を休んで家のことをしないといけないんだよ。男は外で仕事をして、女は家で家事と育児をする。そんなのはもう時代遅れだと思う。そもそもそんな考え方が広まったのは明治からだからね。だいたい、日本人は大部分が農耕民だから、狩猟民的な発想はなかったと思うけどね。女性の社会進出によって、家庭での夫と妻の役割分担が崩れたから世の中が混乱するようになったなんて、おやじの勝手な理屈で、全くナンセンスだと思う。家事にしろ、育児にしろ、女性の役割と決まっているわけじゃなくて、みんなでやるものだと思う。会社じゃないんだよね、家庭は。ま、そんな社会がいつ来るか分からないけどね」

そんな日が来ることがあるのだろうか。毎日、仕事に追われる今のぼくには想像できなかった。それ以前に、吉永さんが使った「ナンセンス」に世代のギャップを感じた。恐らくぼくたちの下の世代には全く通用しない言葉だろう。言葉の消費スピードが上がると、将来、職場で世代間の意思疎通を図ることが難しくなるのかもしれない。

窓の外では相変わらず激しい雨が降り続けている。雨脚が強くなってきたようだ。事務室には、今、ぼくと吉永さんしかいない。ぼくからは吉永さんの表情は見えない。当然、吉永さんもぼくの表情は見えない。声だけのやりとりが続く。

「ところで、浅野くんのところ二馬力だったよね」

共稼ぎのことをそうたとえていることは知っていた。

「そうですが……」

「奥さんは何課？」と聞かれ、ぼくは妻の所属を応える。

「どうも最近仕事が面白いみたいで、毎日のようにその日あったことを話してくれるんです。疲れて帰っても、そんな妻の話を聞いていると、なんだか楽しくて」

最初はどうかと思った妻の本庁勤務も二年目となり、それなりに慣れてきたようだった。妻から公募を受けると相談された時は、無理だと思い反対したが、結局妻の熱意に負ける形で許すことにした。どうせ合格にならないだろうという気持ちもあったからだ。それが、思いもよらず合格となり、喜ぶ妻をよそ目に、ぼくは大変なことになったと、少し慌てた。四月になり妻は今までより一時間早く起き、朝食の準備をし、コーヒーを淹れ、子供たちを起こす。ぼくが新聞を読みながら朝食をとっている間に、妻は子供たちに朝食を食べさせる。朝食を終えたぼくが子供たちと歯磨きをする間に、妻は食事をとり、歯磨きをしながら食器を片付ける。ぼくが着替えている間に、妻は子供たちを着替えさせる。準備ができると、ぼくたちは車に乗り込み、妻の実家に向かう。助手席で妻は化粧をする。子供たちを降ろし、ぼくと妻は駅に向かう。帰りは、妻が車で実家により、子供たちと夕飯のおかずを受け取る。家に帰り、子供たちと一緒に夕食をとり、風呂に入れて、寝かしつける。ぼくが帰りの時間をメールする。妻はぼくを駅まで車で迎えに来る。ぼくたちが帰る頃には、子供たちは夢の中。ぼくは子供たちの寝顔を見てから遅い夕食をとる。ぼくはお酒を飲み、妻は今日あったことを楽しそうに話す。ぼくは妻の話を聞く。そして、ぼくたちは同じベッドで眠る。明日のために……。慌ただしい毎日。でも、充実した一日。それが、日常となった。

地方機関での仕事しかしたことがない妻が、本庁の仕事に馴染むか不安だった。でも、今の妻の様子を見ていると公募に応募させてよかったと思う。

「あら、ごちそうさま。あそこなら、私もいたことがある。確かに仕事は面白かったな。大変だったけどね。それに、上司に面白い人がいて……」

「誰ですか」

「山下さん。今、どこかの地方事務所で所長をやっていると思ったけど」

「山下義弘さん？」

「そう、知っているの？」

「新採の時の課長でした。ぼくと妻の仲人をしてもらいました」

「へえ、そうなの。変なところでつながるんだね。いい人だったよね。特に女性には優しくて……」

「確かにそうでしたね。妻もファンでした」

「浅野くんは、妬いたりしなかったの？」

「多少は……」

「そうだよね。女性職員のあこがれの的だったからね。でも、彼は奥さん一筋だったから」

　仲人をお願いしに行った時の山下課長と奥さんが笑う姿が浮かぶ。お似合いの夫婦を画に描いたような二人だった。確か、あんな夫婦になりたいと、妻が言っていた。当時のぼくには、なれる自信がなかったので、「そうだね」と少し気のない返事をしたら、妻がむくれた。「もう、祐二くんたら、目標は高く持たないと」あれから、年齢を重ね、もしかしたらなれるかなとも思う。

「奥さんとはどこで知り合ったの？」

「新採の時、職場が一緒で……」

「同期？」

「いえ、彼女の採用はぼくより一年前です」

「年上？」

「いえ、彼女、短大卒なので歳は一つ下です」

「その時の課長が山下さん。だから仲人なんだ」

「そうです。お世話になったものですから……」

「山下さんが仲人か……いいな。私もそうしようかな」

「えっ」

キーボードの上の手が止まる。吉永さんって独身だったんだ。

「失礼ね。どうせ、私はまだ独り者ですから」

自虐的ではあったが、そこに暗さを感じさせない言い方だった。

「浅野くんっていくつだったっけ」

「今年三十三になります」

「若いね」

「若いですか……」

それほど自分が若いと思ったことはなかった。職員組合の青年部はもう卒業しているし、地方事務所の時のようにみんなで遊びに行くこともなくなっていた。

「そんなこと言うんだ。私なんて……」

いくつですか？　と聞こうとしてやめた。この間、回覧されていたセクシャルハラスメント防止のガイドラインに、女性に年齢を聞くなど不快な思いをさせないようにとあったような気がしたからだ。

「セクハラ、気にした？」

ぼくの間から、吉永さんが察したようだ。

「ええ」

「あれは、相手に不快な思いをさせるかどうかなの。相手が不快に思わなければ問題ない。要は主観的な話。極端な話、好きな人には何を言われてもセーフで、嫌いな人には何を言われてもアウト」

「そんなものなのですか……」

なんとなく納得いかなかった。

「そう、だから、相手を見ながら話をしなきゃダメだよ、若者」

「で、吉永さんはいくつですか？」

一歩踏み込む。書類の山の向こうで吉永さんが微笑む気配が伝わってくる。

「浅野くん、やるね」

なんとなく会話のリズムが合う。こんなふうに彼女と話したことはなかった。どちらかと言うと吉永さんはぼくにとって近寄りがたい存在だった。次第に、ぼくは吉永さんとの会話を楽しむようになってきた。書類の山の向こうからもそんな雰囲気が伝わってくる。つきあっていた頃の妻との会話を思い出す。

「褒められている？」

「座布団を配りたいところ」

「ありがとうございます」

「浅野くんの十歳上」

「もっと若いかと思いました」

そうは見えなかった。お世辞抜きにそう思った。

「お世辞？」

「いえ、お世辞ではありません。ぼくはお世辞を言いません。素直な人間ですから」

「ありがとう。うれしいな。若い子にそう言ってもらうと」

吉永さんも手を休めているようだ。書類の山を隔ててぼくたちの会話が続く。

「そんなに変わらないじゃないですか」

「十歳は大きいよ。生まれたばかりの子と小学校四年生。中学一年生と社会人一年生」

「二十二歳と三十二歳は同じ社会人ですよ」

「そうだね。でも、浅野くん、新採の時、今の奥さんと十歳上のお姉さんとだったらどちらを選んだ？」

「難しい質問ですね」ぼくは考える。「やっぱり妻ですかね」

「そうでしょ。やっぱり若い子の方がいいんだよ」

「いえ、たまたま、周りにその年齢の人がいなかったからだけです」

「うまいこと言うね。座布団をもう一枚かな」

「落語家にでもなりましょうか」

「それは無理かな」

「残念です。もう少し修業します」

「で、もし、その時に私みたいな女性がいたらどうした？」

「仮定の質問にはお答えできません」

「どこかの国会議員みたいなこと言わないでよ」

「正直言って、分かりません」

「想像力が足りないな」

「現実主義者ですから」

「浅野くん、歳をとるとともに歳の差って詰まってきたと感じない？　昔は遠かったものが近くに感じられるような……」

「十歳の時の二十歳と、二十歳の時の三十歳は感じ方が違うということですか？」

「そう、三十三歳の浅野くんにとって四十三歳の女性はどう見えるの？」

「うーん。人によりますね」

「無難な答えね」

　吉永さんはぼくの答えに少し失望したようだ。

「でも、素敵な人は素敵です」

「ありがとう。うれしいな」

　雨の中に閉じ込められた狭い空間が、ぼくと吉永さんとの会話を支配していく。息苦しさとともに微妙な話題をお互い探り合う。

「でも、誤解しないでください。一般論で、誰か特定の人を想像して言っているんじゃないですから」

「座布団を取り上げだね」

「それは、困ります。板の間に座ると足が痛くなります」

　沈黙が降りる。気分を害したのだろうか……ちょっと突っ込みすぎたかなと反省する。それにしても吉永さんの沈黙が長い。

「吉永さん」

　書類の向こうに声をかける。

「何？」

「どうかしたのですか？」

　沈黙——。じっとりとした空気がまとわりつく。

「なんでもないよ」

　なんでもないとは思えない応えが返ってくる。閉ざされた空間が、彼女の気持ちを微妙なものしたのかもしれない。

「ぼくでよければ――」

「あのね、私の相談相手になるには十年――」

「十年なんて、あっという間じゃないですか」

どうして、ぼくはそんなことを言ったのだろうか。ぼくも、閉ざされた空間に影響を受けたのかもしれない。吉永さんが黙り込む。静かな事務室に、雨の音だけが響く。

「私、仕事辞めるの」

やがて、書類の向こうからぽつんと言葉が漏れてくる。言葉は書類の山を越え、ぼくに向かって転がり落ちてくる。

「………」

「実家が花屋をやっていて、跡を継ぐの。私、一人娘で、小さい頃から親に大きくなったら花屋を継ぐのだよと言われていたの。でも、そんな親に勝手に決められた将来が嫌で、公務員になったの。花屋は当時、女の子あこがれの仕事だったけどね。公務員なら女性でも仕事を長く続けられると思った。だから、県に入ったの。でも、女の子には、お茶出しや雑用みたいな仕事しかなかった。入って二年目には、やっぱり花屋になればよかったのかなと思うようになってた。そんな時に山下さんと会ったの。『君が本当にしたい仕事は何？』と、山下さんは聞いてくれた。その言葉で目が覚めた。一度はやりたい仕事をしてみたいと。でも、本当にやりたい仕事を見つけることは難しかった。そのあと、いろんな仕事をしたけど、今は、この仕事が自分に一番合っているのかな……本当にやりたい仕事かどうかはよく分からないままだけど、できればこの先も続けていきたいかなと思っていた」

「それなら、どうして辞めるのですか」

「青木くん」そう言って、吉永さんは言葉を切った。「彼、同期なの」

「……………」

吉永さんが仕事を辞めることと青木主任主査とどう関係するのだろうか……話の筋が読めなかった。しかも、吉永さんは主任主査を「くん」付けで呼んでいる。

「均等法」

「きんとううん？」

「それは、孫悟空」吉永さんが苦笑しているのが分かる。「男女雇用機会均等法。正確には、雇用の分野における男女の均等な機会及び待遇の確保等に関する法律」

「ああ、総合職の……」

ぼくたちが就職する何年か前に施行され、女性が男性と同じような職種で採用されるようになったという話を聞いた覚えがあった。

「そう、それ。去年改正法が施行され、深夜労働や残業や休日労働なんかの女性保護規定が撤廃されると同時に、昇進や採用の差別禁止が努力目標から禁止規定になったの。だから女性職員も非常配備に就くように……就けるようになったの」

非常配備の名簿にそれまでなかった女性職員の名前があるのは、こういうわけだったのかと改めて思う。

「私も去年、非常配備に就いたけど、さすがに男性職員と一緒に一晩というのは……」

お互いやりにくいだろうと思う。女性職員と一緒になる男性職員もそれなりに気を使うのではないだろうか。去年、ぼくが非常配備に就いた時の相方はいかつい男性職員で、交代の時間になっても大きないびきをかいていて起きる気配がなかったので、ぼくが一晩中本部に詰めていた覚えがある。

「ま、そんなことは些細なことかもしれないけど。なんだか義務ばかり増えて権利が与えられていないような気がするの。本当は、不公平をなくすはずだったのだけどね……。結局、法律は変わっても、昇進の格差はすぐにはなんともならなかった。隆介は今年補佐級に上がって……だけど、私はまだ主査のまま。隆介なんて新採の時、なんにもできずに、いつも私にどうしよう、どうしようと聞いてばかりだったのにね。いつの間にか差が付いちゃった」

「隆介？」

「青木くんの名前」吉永さんがその名前を呼ぶ声にあたたかさが感じられた。「それが今では主任主査だよ。数年後には班長で、そのうち私の上司になるかもしれない。なんであんな奴の下で働かなきゃいけないのと思うんだよね。そんなのごめんだよ」

そうは言いながらも、吉永さんの声はまんざらでもないように感じられた。きっと、新採の頃、吉永さんと青木主任主査はいいコンビだったのだろう。ぼくと麻美さんのように……。

「それに、あいつったら、いつの間にか、年下のかわいい子と結婚して……それも、私には一言も挨拶なしに、だよ。許せないよね、そんなの」

同意を求められても、ぼくには返事のしようがなかった。そもそも結婚するのに、同期の、しかも女の子にわざわざ挨拶しなければいけないなんてありえないと思う。そんなことを言うなんて、もしかしたら、吉永さんは青木主任主査のことが好きだったのではないかと思う。

「吉永さんって、もしかして、青木主任主査のことを——」

「浅野くん、悪いけどそれはない」ぼくが言いかけた言葉を吉永さんがさっと引き取る。

「私と隆介は単なる友達。だから、隆介が主任主査になったことはなんとか許せる。頼りないけど、彼と一緒に仕事ができるのはそれなりに楽しいし……でも……」

「でも……？」

「出世がどうのこうのとは思わない。出産や育児で休む分だけ、女性の方が不利だということも分からなくはない。でも、私よりあとで入った男性職員がどんどん主査になっていくのを目の当たりにするとやりきれない思いがする。中にはどうしてこの人がと思うような人が昇進していく。人事なんて仕事していると、評価まで分かるの。去年、課長になった小南さんなんて、部下を何人も潰したのに、上司からは高い評価をもらっていたわ。どうしてそんな評価になるのか、私にはさっぱり分からなかったのだけどね。男には女には分からない評価基準があるのかなと思ったりもした。そんなのを見ていると、だんだん辛くなってきたの。ああ、自分の評価はそんなものなのかと……仕事を一生懸命やっても、いいように使われるだけだ。そう思ったら、気持ちが切れちゃってね。仕事に行くのが辛くなってきたの。ああ、月曜日が来る。まだ、水曜日だ。やっと金曜日だ。明日はようやく休みだ。なんてね。休日だって、家にいるだけで、何か楽しみがあったわけでもないのにね……仕事に行くことをなんとも思わなかった時代が懐かしい。あの頃は、通勤電車だって早く着かないかしらと思っていた。今なら、考えられないことだけどね。そろそろ潮時なのかもしれない」

泣いているのだろうか？　吉永さんの声は少しかすれている。

「ぼくは、吉永さんは仕事ができる人だと思っています」

「ありがとう。でも、浅野くん、仕事ができる人が出世するとは限らないよ。人事をやっているとそのところがよく分かるの。えてして、できる人は、本人の意志とは関係なく、都合よく使われる時があるの。浅野くんも仕事できるから、その点は気を付けた方がいいよ。それに、みんながみんな、仕事ができるかどうかで人を評価しているわけではないのよ」

「でも……だからといって、辞めなくても……やりたい仕事なのですよね」

都合よく使われる、そんなことがあるのだろうか……。なんとなく、人事の理不尽さを感じた。

「それだけではないの。先月、父が倒れたの。軽い脳梗塞で、命には別状はなかったけど、どうも障害が残って、もう、前みたいには働けないの。それにぼけも始まったみたいで……。父も母もまだ店は畳みたくないって言って……それで、実家に戻ることにしたの。母も不安だから戻ってきてほしいと言うし……」

「……」

「介護保険でデイサービスなんかが使えるから、父のことは当面はなんとかなるとは思うけど、リハビリがうまく進まなくて、寝たきりになるとちょっと辛いかもしれないかな」

この四月に介護保険法が施行されていた。先輩は給与明細を見て、「自分の親は元気なのになんでこんな高い保険料を払わなきゃいけないんだ」と憤っていた。保険料の負担は四十歳からなので、ぼくはまだ負担していない。でも、近い将来負担することになる。

制度が整い出したことで、いろんな業者が介護事業に参入し始めている。でも、家族の介護は、家族が行うものだという社会認識は依然根強く残っている。

自分の親のことを思う。今のところ自分の親も妻の親も元気だ。父も義父も現役で、毎日フルタイムで働いている。だから、介護はまだ先のことと思っていた。そもそも、考えもしていなかった。それが、吉永さんの言葉で急に身近なものに感じられた。

妻は、ぼくの親とうまくやっているようにはとても思えない。ぼくの親も妻のことをあまりよく思っていない。盆、正月に実家に帰れば、妻はぼくの母親から、ぼくのいないところで小言を言われている。そのことは薄々分かっていたけど、あえて聞かない振りをしている。家に帰ってから、妻はぼくの母親に言われたことを愚痴る。自分の母親だから言いそうなことはある程度分かる。母には昔からきつい面があるから、嫌みを言われている妻に同情もする。しかし、妻から面と向かって自分の親の悪口を言われ、「はいそうですか」と言えるほどぼくは寛容ではなかった。聞いていても気分がよい話ではない。自分の親の側に立ちたくもなるが、さすがにそんなことはできなかった。だから、反論したくなる気持ちを抑え、黙って聞き過ごすぐらいしかできることはなかった。そんな関係だから、何かあれば親は妻ではなく、ぼくを頼る。恐らく妻は進んでぼくの両親の世話をすることはないだろう。

逆に妻の両親はどうだろう。義母はぼくのことをそれほど信用していない。義母に逆らえない妻は、言われるがまま自分の親の世話をすることになるだろう。しかし、妻にだけ介護を任せていると、「どうして祐二さんは手伝わないの」と、義母はぼくに対する不満を強めるだろう。信用していないのなら頼らないでほしいと思うが、そう言う身勝手さが義母にはある。だから、結局、ぼくも妻の両親の介護を手伝わざるを得なくなる。その時、ぼくに何ができるのだろう……親の介護のために仕事を犠牲にすることなんて、今のぼくには考えられなかった。とりあえず、今はまだ先のことだと封印するしかなさそうだ。その時が来たら考える。ぼくはそう結論づけた。

しかし、吉永さんは目の前の現実と向き合わなければならない。

「吉永さんは、それでいいのですか？」自分の意志とは違う力によって、自分の思いが叶えられない。その理不尽さがぼくには嫌だった。

「山下さんみたいなことを言うんだ、浅野くんは」書類の向こうで小さな嗚咽が漏れてくる。

「吉永さん……？」

「いいわけないでしょ」

強い声が事務室に響き渡る。見えない何かに怒りをぶつけるような声がぼくの全身を突き抜けていく。

「でも、どうしようもないよ」

椅子が倒れる音がする。吉永さんが出口に向かう。ぼくはあとを追わなかった。追ってはいけないと思った。

雨は降り続き、蒸し暑い室内にはぼくだけが取り残された。明日までの資料はまだできていない。夜はまだ長い。

庁内放送が災害対策本部の会議開催を告げていた。

その時になって、明日が妻の誕生日で、結婚記念日だということを思い出した。メールで明日が何の日か伝えようとして、迷った末に文字を消す妻の姿が浮かんだ。

その日、吉永さんは部屋に戻ってこなかった。

一晩中降り続いた雨は、県内に大きな爪痕を残した。南からの湿った空気が次から次と供給されたことで、同じ場所に雨雲が発生し続けたことが大雨の原因だった。ぼくが生まれる前にこの地域を襲った大型台風以来の被害となり、県庁所在地に隣接する町では、役場が水没し、復旧までかなりの日数を要した。


月末、吉永さんは退職した。退職の日の吉永さんは、ブラウスに薄黄緑色のカーディガン、ベージュ色のフレアのロングスカート姿だった。いつもと違った服装だったが、とてもよく似合っていた。花屋の店先に立つ吉永さんの姿を想像する。今度、行ってみようと思う。

吉永さんが退職する日の朝、突然、青木主任主査から吉永さんに花束を渡す役をやってくれと頼まれた。「うちの若い子が渡す予定だったけど、あいつが急に君に頼みたいと言い出してね」そう言う青木さんは、少し寂しそうだった。本当は、自分が渡したかったのかもしれない。でも、吉永さんは意地でも青木さんには頼まないだろう。

職員の拍手の中、ぼくは花束を吉永さんに渡す。吉永さんの隣に立つ青木さんがすっと視線をはずすのが見えた。

「ありがとうね。あの日、二人なのに一人と言ってくれたこと忘れないよ」吉永さんがぼくの耳元で囁く。驚いて見ると、吉永さんがにっこりと微笑んでいる。やっぱり聞かれていた。「奥さんを大切にね。でも、もう少し早く、そう、十年の違いを感じない時に君と会いたかったな。そうしたら、ほうっておかなかったけどね。十年なんてあっという間だからね……残念だったな」

♡

平成十三年

ああ、また怒られている――。

課長の前に立たされているのは、今年入ったばかりの新人で、私とペアを組んでいる男の子だ。山本くんと言い、有名国立大学の法学部出身で、経歴を見る限り優秀な人材だ。ちょっと線が細い感じはするが、決して仕事ができないわけではない。

今月だけで三回目だった。

山本くんは黙って、課長の小言を聞いている。課内の職員はみんな聞いていない振りをしているが、意識が彼に向かっていることは明らかだった。それにしても、課長はまだ入って三か月もしない子を、みんなの目の前で、どうしてそんなに叱るのだろう。

本庁勤務も三年目となった。希望してきた部署であった。本庁勤務一年目は右も左も分からず、言われたままに仕事をしていた。その年、組織の変更があり、それまでの課長――課長補佐――主査――主事のラインから、グループ制となり、班長である課長補佐の下に、主査と主事がスタッフとして付くという組織になった。しかし、地方機関から本庁勤務となった私にとって、その違いは今一つ実感できなかった。ただ、同僚と一緒に企画を練り、相手と交渉する。そんな仕事は地方機関の時には経験したことがない仕事だった。マニュアルに従って仕事をするのではなく、マニュアルにない仕事、マニュアルがない仕事をする。こんな仕事が公務員にあったのかという気がした。私にとっては、すべてが新鮮で、毎日が初体験の連続だった。

本庁では思った以上に女性が働いていた。ただ、私のように小さい子供を抱える母親はほとんどいなかった。仕事で話をする機会がある女性たちは、私が子育てをしながら働いていることを知ると、「大変だね」と同情し、「お子さんは誰が見てくれているの？」と興味半分で聞いてくる。彼女らのほとんどは独身または結婚していても子供がいなかった。私が実家の母に子供の世話を頼んでいると言うと、誰もが「そうだよね。そうでなけりゃできないよね」と納得し、「いいよな。私も子供ができたら、面倒は親に頼んじゃおうかな」「旦那のお義母さんに頼むの？」「ううん、それは絶対なし。あの人に預けるのだけは嫌」「そうそう、その気持ち分かる」などと話が盛り上がる。そんな話を聞きながら、私はいつも苦笑する。子供の世話を親に頼むと言っても簡単なものではない。実の母親でも、子供の世話を頼んでばかりいると嫌みを言われる。まして、同居もしていない夫の母親に頼もうものなら何を言われるか分かったものではない。かといって、そのために夫の親と同居するつもりは全くなかった。「現実はそんな簡単なことじゃないんだよ」そう言ってやりたかった。「それに、そのうちあなたたちも『嫌』と言われる立場になるんだよ」

仕事中に携帯電話が着メロを奏でると、私はいつも緊張する。それはほとんど、保育園からの電話だったから。知己が、奈津実が、熱を出した、怪我をした、だから、すぐ迎えに来てください。おとなしい知己と違って、活発な奈津実は怪我が絶えない。自分が怪我をするだけならいいのだが、時には相手に怪我をさせる。奈津実は、保育園の保母さんに目を付けられる存在だった。

電話の向こうの相手は、私が今、どこで何をしているか知らないし、そんなことは彼女たちにとって関係ないこと。子供にとって緊急事態だから電話してくる。子供が大変なのだから、母親はすぐに迎えに来る、それが彼女たちにとっては当たり前のことなのだろう。母親が子供のことを心配する。それは当たり前のことと思う。でも、子供のことを心配するのは母親だけなのだろうか……。いつも、そのことが気になる。保育園の緊急連絡先の第一順位は、母親の携帯電話が定位置となっている。

電話を受け、私は班長に事情を説明し、仕事を切り上げる。グループの仲間たちは、みんな「いいよ」「早く行きなよ」と声をかけてくれる。いい上司と仲間を持ったと思う。職場を出ると、実家の母に連絡を入れ、保育園への迎えを頼む。三回に一回は母から嫌みを言われる。そのたびに私は電話の向こうにいる母に頭を下げる。子供に対しても近くにいてやれないことをすまないと思う。それでも、自分は母親でありたいと思う。

　昨年度、本庁では大規模な組織再編があった。課によっては百人を超えるところもできていた。私のいる課も統合され、六十人近い職員が働くようになった。分室があちこちにでき、同じ課なのに顔を合わせたこともない人が増えた。

　一年目と異なり、それなりに計画的に仕事をすることができるようになった。企画書を起案し、仲間とともに実行に移す。自分で考えたことが、目に見える形で成果となる。次第に、私も責任ある仕事を任されるようになった。それが上司の自分に対する評価だと思っていた。失敗もあったが、仕事に面白みが出てくるようになり、やりがいを感じていた。家に帰り、夫に仕事の話をする日が増えた。

「仕事、楽しそうだね。今まで、麻美さんは子供の話か、職場での噂話しかしなかったのに」夫が帰ってくるなり、初めて一人で任された仕事のことを話すと、聞き終えた夫が微笑んで言った。「ところで、ぼくの夕飯はどこにあるのかな?」

　本当の仕事――。

　新採のあの日、課長に言われた言葉を実感するようになっていた。

　私もやりがいのある仕事を見つけた。この仕事をずっとやりたい。ずっとやり続けることができる。そう思い込んでいた。

　この四月、課長が替わった。

——今度来る課長、厳しいみたいだよ。

年度末、異動が発表されると、課内は新しく来る課長の噂でもちきりだった。

——なんでも、すぐに怒り出して、気に入らないと無理難題をふっかけるって有名だって。おまけに今まで何人も部下を潰しているみたい。

なんでそんな人が課長になったのだろう……。

その理由は、四月の初め、部長が着任の挨拶に来た時にすぐ分かった。ドアを開けて部長秘書が来室を告げると、課長はさっと席を立ち、部下に対して見せたことのない笑顔で部長を迎えた。そんな課長に対し、部長が鷹揚（おうよう）に頷く。

この人は、上に対して従順なんだ。その分、下に対してきつく当たるんだ……。

前任の温和な課長から一転して、新しく来た課長は何かと部下を叱責する。当然、課内の空気は変わり、雑談すら許されない雰囲気が漂うようになった。誰もが黙って仕事をし、事務室の空気はいつもピンと張り詰めている。仕事を終えて帰ると、どっと疲れが出る。そんな毎日が続いた。私の仕事も変わり、責任ある仕事からはずされ、新人の山本くんと同じ仕事となった。噂によると、新しい課長が事務分担を変更したということだった。

「彼女は、子供がまだ小さいのだからそんなに仕事はできないよな」課長がそう言っていたということを給湯室の噂話で耳にした。

まだ、課長の小言は続いている。いつもより長い。よほど課長の勘に触れたのだろう。

郵便はがき

料金受取人払郵便

新宿局承認

2523

差出有効期間
2025年3月
31日まで
（切手不要）

1 6 0-8 7 9 1

141

東京都新宿区新宿1－10－1

(株)文芸社

愛読者カード係 行

ふりがな お名前		明治 大正 昭和 平成 年生 歳
ふりがな ご住所	□□□-□□□□	性別 男・女
お電話 番 号	（書籍ご注文の際に必要です）	ご職業
E-mail		

ご購読雑誌（複数可）	ご購読新聞 新聞

最近読んでおもしろかった本や今後、とりあげてほしいテーマをお教えください。

ご自分の研究成果や経験、お考え等を出版してみたいというお気持ちはありますか。

ある　　ない　　内容・テーマ（　　　　　　　　　　　　）

現在完成した作品をお持ちですか。

ある　　ない　　ジャンル・原稿量（　　　　　　　　　　　　）

書　名				
お買上 書　店	都道 府県	市区 郡	書店名	書店
			ご購入日	年　月　日

本書をどこでお知りになりましたか?

1.書店店頭　2.知人にすすめられて　3.インターネット(サイト名　　　　)

4.DMハガキ　5.広告、記事を見て(新聞、雑誌名　　　　)

上の質問に関連して、ご購入の決め手となったのは?

1.タイトル　2.著者　3.内容　4.カバーデザイン　5.帯

その他ご自由にお書きください。

(　　　　　　　　　　　　　　　　　　　　　　　　)

本書についてのご意見、ご感想をお聞かせください。

①内容について

②カバー、タイトル、帯について

弊社Webサイトからもご意見、ご感想をお寄せいただけます。

ご協力ありがとうございました。

※お寄せいただいたご意見、ご感想は新聞広告等で匿名にて使わせていただくことがあります。

※お客様の個人情報は、小社からの連絡のみに使用します。社外に提供することは一切ありません。

何か問題になりそうな事案はあったのだろうか？　思い返してみるが、これといったものは思い当たらない。

そろそろ自分も呼ばれるかもしれない。そう思った時、課長席から声がかかった。

「浅野、ちょっと」

男性にしては甲高い声が私を呼ぶ。私が一番苦手とするタイプの声だった。

「はい」

すぐに席を立ち、山本くんの横に立つ。横目で見ると、山本くんの顔は青ざめていた。

「君の指導が悪いから、こんなことになるんだ」

いきなり課長に言われ、なんのことか理解が追いつかなかった。課長は、持っている決裁板を机にコツコツと打ち付けている。

「なんのことでしょうか？」

言ってしまって後悔する。課長の顔が変わるのが分かった。口元がにやりとゆがむ。新たな獲物を見つけたオオカミのような目をしている。背筋に冷たいものが走る。

「なんのことでしょうかだと……。君は、この決裁をちゃんと見たのか！」

机に叩きつけられた決裁板が大きな音をたてて跳ね返って飛んでいく。事務室の空気が一瞬にして凍りつく。誰もが仕事をしている振りをしながら、注意をこちらに向けている。

山本くんが慌てて床に落ちた決裁板を拾って、私に差し出す。それは昨日、見た起案だった。決裁欄の端っこに私の判が押してある。

「これは例年どおり実施しているもので、今年も――」

「そんなことはいい。ここだ――」

課長は私の手から決裁板を強引に奪うと、起案文のある箇所を指し示す。

「字が違う」

確かに誤字だった。

そんなことで……山本くんは長時間、課長の前に立たされていたのか――。

山本くんに対する同情以上に、課長に対する怒りが湧いてきた。

起案文の中の一か所の誤字。よくある誤変換というやつだった。しかし、それが何かに影響するのだろうか？　とりあえず、文章としては読むことができる。課長が訂正して本人に返してやれば済むことだ。大袈裟にあげつらうことではない。ましてや、長時間立たせてまで言うことではないと思う。私には、課長の怒りが全く理解できなかった。ストレス発散のための八つ当たりとしか思えない。

「だから、短大卒は学がないんだ」

むっとする。学歴とは関係ない。どうして、ここで学歴を持ち出すのだろうか。そもそも決裁は、私以外に主査も班長も判を押している。

なぜ、私だけが……。

両手を握りしめる。課長の言葉は、理不尽以外の何物でもなかった。怒りが込み上げてきたが、「我慢だ」と自分に言い聞かせる。

隣でうつむいている山本くんの肩が震えている。今にも泣き出しそうだ。

私だって泣きたい……なんでこんなことで侮辱されなければいけないのか……いっそ、泣いてしまったらどんなに楽なのだろう……。でも、ここで涙を見せれば、目の前の男は「いいなぁ、女は泣けばいいと思っているから」とでも言うのだろう。そんなことを言わせたくはない。だから、私は我慢する。涙を堪える。

「浅野はこいつの指導係だろ。字ぐらい、ちゃんと教えてやってくれ。誤字だらけの起案文は読むに堪えないからな」私が泣き出しでもするのかと期待していたらしい課長は、面白くなさそうにそれだけ言って、「もういい」と、私たちを追い払うように手を振った。

私たちは席に戻る。班長も主査も黙って書類を見ている振りをしていて、目を合わせようとしない。結局、席に戻るまで誰も声をかけてはくれなかった。

私たちは孤立無援だった。

席に戻っても山本くんは青い顔をしたままだった。よく見ると目が落ち着きなく泳いでいる。

「どうしたの。気分でも悪いの」

私が声をかけると、山本くんは「わぁ」と突然大きな声を出して、部屋を出て行った。

室内の空気が一変する。みんな何が起きたのか分からないといった表情をしている。あれほど叱りつけていた課長も、ぽかんとした顔をしている。誰も動こうとしないし、動けなかった。私自身、すぐには立ち上がれなかった。

「山本くん！」

我に返って、慌てて山本くんを追う。

私が部屋を出た時、廊下に山本くんの姿はなかった。

どこに行ったの？

廊下の左右を見渡すが、分からない。廊下にいた女性職員は何事が起きたのかと立ち止まっている。その一人に、今この部屋から出てきた職員がどっちに向かったかを聞く。彼女は黙って左を指さす。西側エレベーターホールの方だ。その時になってようやく、班長が出てきた。私がエレベーターホールに向かって走り出すと、班長もついてくる。

ホールにはエレベーターの到着を待つ人はいたが、山本くんの姿はなかった。二基あるエレベーターはどちらも一階から上がってくるところだった。

階段――。

振り返って大理石でできた階段を上がる。五階、六階、一気に上がる。息が切れる。後ろをついてくる班長の荒い息が聞こえる。最上階の六階を一回りしても、山本くんの姿は見つからない。

屋上――？

屋上に立つ山本くんの姿が頭に浮かぶ。どこかに屋上に通じる階段があったはずだった。

班長に「屋上へは？」と聞く。膝に手をつき、はあはあと息を切らしている班長の顔が一瞬にして青ざめる。同じことを考えたようだ。班長は慌てて今来た道を戻る。急いでいることは分かるが、疲れのためか足取りは重い。私はそのあとに続く。

屋上へ続く階段は、北側のエレベーターの横にあった。班長はそこで力尽きた。指さすだけで、体は動かない。

一人で階段を上がる。

屋上に続く階段の踊り場で膝を抱えて山本くんは座っていた。肩が震えている。泣いているようだ。近寄り、隣に座り、そっと肩を抱く。ぴくんと山本くんが反応する。屋上へ続くドアまでは、まだ十数段残されていた。

もう、大丈夫だよ……。

小さく、山本くんが頷く。ゆっくりと彼の頭が私に寄りかかってくる。私はそっと彼の頭を抱き寄せる。

大丈夫だから……。

自分に言い聞かせるかのようにつぶやく。階段の先にあるドアの窓から、どんよりと曇った空が見えた。雨が近いかもしれない。

今日、傘持ってきたかな……？

そんな関係ないことが頭に浮かんだ。一体、私は何をしているのだろう。本当の仕事はどこに行ってしまったのだろうか。

翌日から、山本くんは出勤できなくなった。

送られてきた診断書には、「精神疾患（うつ病）」とだけあった。精神病＝妄想の世界の住人になるというイメージがあった私にとって、山本くんの病名を知らされた時、何か違う新しい病気が見つかったのだという感じがした。山本くんは「妄想の世界の住人」になったわけではない、ただ、仕事についていけなくなっただけ。あの時ああしていれば、この時こうしていれば、山本くんは休まずに済んだのではないか。そんな思いが交錯する。自分の力のなさを痛感する。

診断書が送られてきても、職場の誰も山本くんに連絡をとろうとはしなかった。彼はこの職場から見捨てられてしまったのだろうか。確かに、彼がいなくても仕事は回っていく。それが組織というものだった。でも、それはとっても悲しいことだと思う。指導役の私は、生徒を失った教師のような気分だった。みんなに山本くんのことを覚えていてほしかったけど、それは難しいことなのだろう。

嫌な噂を聞いた。小南課長が山本くんに厳しかったのは、課長が山本くんの出た大学の受験に失敗していたからだと言う。女性職員が集う給湯室でまことしやかに囁かれる噂話。真偽は不明、出所も分からない。でも、そんなことで……と私は思う。

三か月が経ち、九月になると、山本くんに休職辞令が出た。手渡されるべきはずの辞令は郵送され、誰も彼の話をしなくなった。山本くんは初めからいなかったものとされたみたいで寂しかった。

その日の夜、テレビには、かつて世界一の高さを誇ったビルに旅客機が突入する映像が繰り返し流された。噴煙とともに崩れ落ちるビル。人々の叫び。逃げ惑う人々。そのビルには日本人もいた。私も夫もまるで映画のワンシーンのような映像を見て、思考が停止していた。何が起きているのか、これから何が起きるのか。ざわざわとした不安がのしかかってくる。かつて、テレビに映されていた海の向こうで始まった戦争、私たちに関係のないはずのその戦争は、いつしか近くにまで忍び寄ってきていた。

山本くんが抜けたあとは補充されることはなかった。なし崩し的に、山本くんの仕事を私がすることとなり、私の仕事は増えた。主査も班長も山本くんの仕事を他の職員に割り振ることはしなかった。班長にそのわけを聞くと、それぞれがぎりぎりのところで仕事をしているから、誰も他の仕事を受け持つ余裕はないと言われた。「浅野さんは、山本くんの指導という仕事が減ったのだから、余裕があるはずだけど……」そもそも私と山本くんを合わせて一人前と考えられていたらしい。

当然、私は残業が増え、帰りは遅くなった。七時には帰宅していたのが、八時、九時となり、時には十時近くになることもあった。

最初に悲鳴を上げたのは、実家の母だった。

知己と奈津実の学童保育からのお迎えは母に頼んでいた。七時には帰り、実家から子供を連れて家に戻り、三人で夕食をとる。夫の帰りはさらに遅く、十二時近くになることもあった。夫が帰る頃には子供たちは寝ている。夫は子供の寝顔を見るだけの毎日だった。

それが――私が実家に戻るのが九時近くになるようになると、子供たちは実家の母と夕食をとるようになった。父はまだ現役で、帰りは遅い。私が実家に帰る頃には、子供たちは「おねむ」の時間で、家に連れて帰ってベッドに運び込むだけという日が続いた。私ですら、子供たちの寝顔しか見ることができない。それが日常となっていた。最初はなんでもないと言っていた母も、そんな毎日が一か月も続いた頃から不機嫌になってきた。

「もう少し早く帰れないの。麻美は公務員でしょ」

ある日、実家に子供たちを迎えに行くと、母が私をなじるように言った。母は我慢の限界に達していたのだろう。「いつも、私にばかりに子供たちの世話を任せて、それでも母親なの」そう言いたいのだと思った。私はそのことに対しては何も反論しない。母に迷惑をかけていることは事実だから――。

母の頭の中にある公務員像は、定時になると仕事を終えて帰るといったものなのだろう。でも、それは一昔前の姿で、実際は、行政改革により人員は大幅に削減され、効率化の名の下に減るはずだった仕事は減ることはなく、職員の残業は増える一方だった。昨年度は本庁の組織再編が行われ、業務の集中化を理由に人は削られたが、こまごまとした仕事はそのまま残されていた。来年度は地方機関も再編される予定だった。効率化が職員の心から余裕を徐々に奪っていく。

予算に縛られる役所では、残業しても予算がないという理由で、手当が全額は支払われない部署もあった。サービス残業――それが常態化しつつあった。私も毎日七時には退庁していることになっている。

この秋、パソコンが職員ひとりひとりに配備された。私は毎日、慣れないキーボードと格闘していた。聞いたことのないカタカナ言葉が私の周りにあふれかえっている。二年後までに地方機関を含め全職員にパソコンが配備される。仕事のやり方がここ数年で大きく変わってきていた。パソコンを使い慣れない五十代の女性の多くが年度末での退職を考えているという噂がまことしやかに囁かれている。時代についていけない者は置き去りにされるのではなく、退場を求められている気がした。

疲れているのは私だけでなかった。健康管理を担当する部署にいる友人の話では、ここ数年、山本くんと同じように、精神疾患で休む職員が増えてきているとのことだった。

「病名が付くと患者が増えるんだよね。ぼんやりとして決められていなかったものが、決まったとたんにみんながそれに飛びつくみたいで……」保健師でもある友人はため息交じりに言った。「どうも、長時間労働が原因の場合も多いみたいだから、旦那さん気を付けた方がいいかもね」

「うつ病」という言葉が、いつの間にか、馴染みのある言葉になりつつあった。

「そんなわけにはいかないの。仕事が片付かないから……」

「子供たちと仕事とどっちが大切なの。そんなことまでして仕事をしないといけないの?」

母の考えは分からないでもない。でも、それは、母たちの世代の考え方。女性は外で働かなくても家を守っていればよい――。母は専業主婦の経験しかない。外で働いた経験は全くない。だから、母は祐二くんには、浮気を疑うことはあっても、早く帰ってこいとは言わない。男は外で働くものだと思っているから。その感覚が私にはなんとなく嫌だった。

「私は、自分に任された仕事を一生懸命やっているの」

そうは言ってみたものの、実際は雑用の延長のような仕事が多く、とても胸を張って言えるようなしろものではない。それはそれで、母に嘘をついているようで自分が嫌だった。

「だからといって、知己と奈津実をほったらかしにしていいわけではないでしょ。やっぱり、知己が生まれた時に、仕事を辞めておけばよかったのよ」

母の言い方がきつくなる。知己が生まれた時、仕事を続けたいという私に対し、母は育休をとって、そのまま復帰せずに退職すればいいと言った。それでは職場に迷惑をかけるし、何より私は仕事を続けたかった。その後奈津実を身ごもったため休みが延びたものの、出産後一年で職場に復帰した。母は、そのことを今でも不満に思っているのだ。このままでは、喧嘩となることは分かっていた。でも、その日、私はひどく疲れていた。

「子育ては、母親一人でするものじゃないのよ。夫婦でするものなのよ」

思わず言ってしまった。母があっけにとられた顔をしている。子育ては母親の仕事だと思い込んでいる母には、娘が何を言っているのか分からないに違いない。

「ママ、どうしたの」眠っていたと思っていた知己が、目をこすりながら言う。母と言い争う声で目が覚めたのだろう。「ばあちゃんと喧嘩しているの?」

「ううん。なんでもない……いつも、ママ帰りが遅くてごめんね。さあ、おうちに帰ろうね」

正直言って、息子に助けられた気がした。そんな自分が情けなくなり、目頭が少し熱くなった。母を見ると、仕方ないといった感じで横を向いている。

その日、仕事から帰ってきた夫に母とのやりとりを話した。予想どおり、疲れ切った夫の反応は鈍かった。三十四歳、そろそろ主査ポストが近づいてきている夫は、主管課で部の予算を担当し四年目となる。平日は仕事のことで頭がいっぱいの夫にとって、子供は休日に一緒に遊ぶだけの存在なのだろう。それで子育てに参加している気分を味わっている。子供の写真を持ち歩いては、職場で「かわいいだろう」と同僚に自慢する。一方で、平日の子供についてはそれほど関心を示さない。妻の仕事と思っているからだ。

休日よりも平日の方が多いのに……。

「で、どうすれば――」

夫は結論を急ぐ。よほど疲れているのか、少し苛立っているようにも思える。

そんな簡単に結論が出るわけない……。

これでは、相談ではなく、報告だ。

たまには早く帰ってきて、子供たちの面倒を見て――。

口に出かかったが、そんなことは言えなかった。言えば「そんなことはできない」と、夫が不機嫌な顔をするのは分かっていた。夫の反対を押し切って本庁勤務を希望したからには、そんな弱音は吐きたくなかった。でも、誰かに弱音を聞いてもらいたかった。頑張っている自分を褒めてもらいたかった。

「自分でなんとかするからいいわ」

「そう……無理はしないようにね」

夫はそう言って、何事もなかったかのように風呂に向かった。その背中を見ながら、私は深くため息をつく。灯りをつけていないリビングには誰もいない。そこには会話となる話題は一つも存在しなかった。

無理をしなければ、どうしようもないのに……。

つぶやきが誰もいない空間に吸い込まれていった。

翌日から、私は仕事がたまっていても、六時で仕事を切り上げることにした。期限のある仕事だけは優先的にやり、後回しにできる仕事は後回しにした。それは、同じグループの職員に負担をかけることでもあり、課長の不興を買うことでもあった。課長から嫌みを言われることもあったが、私は我慢した。子育てを考えると、それが最低限の妥協点だった。

私は徐々に、職場で孤立するようになっていった。一年前まではあれほど私に理解を示していてくれていた同僚たちが、手のひらを返すように、私を疎（うと）ましく思っているように感じられる。時間が来るとさっと仕事を切り上げて帰る私に対し、周りの視線は、「大変だね」から、「勝手だね」に変わり、次第に「お疲れ様」の声をかけてくれなくなった。去年までの私をあたたかく包んでくれた雰囲気が、徐々に消えていった。「子育てがあるからって言って甘え過ぎじゃないの」「親に子供の面倒を見てもらっているから、早く帰る必要なんてないはずだけど」「おかげで、こっちは余分な仕事をしなくちゃいけなくなったじゃないか」誰もそんなことを言っていないのに、そんな声が聞こえる気がする。だから、私はいつも耳を塞(ふさ)いで職場をあとにする。

私の知らないところでものごとが決まるようになった。そのことを聞くと「浅野さんいなかったっけ」「ごめん、連絡するのを忘れていた」といった返事が返ってくるようになった。同僚たちは私に伝える必要性を明らかに感じていなかった。私なしでも仕事は回っていくようになった。職場の中で私の居場所はなくなりつつあった。

実家に子供たちを迎えに行っても、母は「ようやくママが帰ってきたね。ママとずっと一緒にいたいよね」などと平気で言う。母は私が何も反論できないことを知っている。私は「ありがとう」と言い、子供たちの手を引いて車に乗る。悔しくて涙が出そうになる。誰かに「よく頑張っているね」と言ってほしかった。すべてをとは言わないけど、私のやっていることを少しでも認めてほしい。労(ねぎら)ってほしい。でないともうやっていけない——。でも、近くにいるはずの夫は私のそばにいない。疲れ切った私はいつも一人で子供たちを連れて家に帰る。

私の気持ちにひびが入る。それは徐々に大きくなり、やがて音をたてて崩れ落ちていくだろう。あの日、テレビで見たビルのように——。

十一月、勤務評定の時期がくる。職員が異動希望を言える唯一の機会。結局、山本くんは休職開けを待つことなく退職した。理由欄に「一身上の都合」とだけ書かれた退職届が送られてきたとのことだった。もう、誰も山本くんのことを思い出さないだろう。「そんな子いたかな」「すぐに辞めた子」「ああ、そんな子いたよね」そんな程度で済まされる存在。いつか、自分もそんな存在になってしまうのだろうか……。そんなことを考える自分が嫌だった。

山本くんの退職については、職員の間で課長が来年度の人員配置を考えて、退職届を書かせたのではないかという噂も流れていた。耳を疑う。気分が悪くなった。

提出期限が近づいても、私はまだ異動希望調書の空欄を埋めることができなかった。自分は、どこで何をしたいのだろうか？　そもそも、この仕事を続けたいのだろうか？　答えはいつまで待っても出てくることはなかった。

夫に相談することも考えた。でも、できなかった。いつも夫は私の考えを優先する。「麻美さんがしたいようにするのが一番だよ」それは夫の優しさでもあり、夫の逃げでもあった。つきあっていた頃は、その優しさがうれしかった。何をするにも母に反対され、母の言うなりに育ってきた私にとって、自分の意見が通ることなんて考えられなかった。

初めて夫からその言葉を聞いた時、この人は私を認めてくれていると思った。だから、自分がやりたいことを考え、夫に伝えるようにした。自分はこうしたいのだと。夫はそんな私の意志をいつも認めてくれた。それがうれしかった。でも、やがてそれは夫の逃げではないかと思うようになった。相手の意志を無条件に尊重する。そうすれば自分は思考停止できる。それは相談ではない、責任を伴わない了解に過ぎない。私が決めたことがうまくできなくても夫は私を責めることはしなかったが、「残念だったね」の一言で片付けられるのは嫌だった。まるで人ごとのような言い方。それは、ひどく私を傷つけた。

自分のことは自分で決めなければいけない。

いつしか、なんでも自分で決めなければいけないことを重荷に感じるようになっていた。私が本庁勤務を希望した時、夫は珍しく反対した。それでも、最後は折れてくれた。そうまでして決めた本庁勤務。だから、夫には相談しづらかった。恐らく「仕事を辞めたい」と言っても、夫は私を責めることはしないだろう。ただ、「だから、やめておけと言ったじゃないか」という顔をされそうだ。そう思うと、夫に相談することはできなかった。身近にいるはずの夫が、遠い存在に感じられた。

私は自分で答えを見つけ出さなければならない。でも、答えは見つからない――。

悩んだ末、職場のパソコンから、かつての上司にメールを送った。公募に応募することを相談したのだから、今度も相談するしかない。そう勝手に思い込んで。

――課長、いえ、所長。ご無沙汰しています。仲人をしてもらった、浅野（旧姓林）麻美です。異動希望のことで相談にのっていただきたいのですが。お時間をいただくことはできますか？

すがるような思いで送信ボタンをクリックする。私には、もう他に頼る相手はいなかった。

——明日なら大丈夫です。こちらまで来ることができますか？

しばらくして返信がくる。

——はい。では、午後三時頃にお伺いします。

——お待ちしています。

翌日の午後、休みをとり、私は課長のいる地方事務所へ向かった。年休処理簿を差し出し、休みをとることを告げた時、班長は何も言わず、判を押して、処理簿を私に戻した。「お子さんの調子でも悪くなったの？」と聞いてくれたこともあったが、最近は何も言わない。私自身、そのことに慣れてしまった。その方が、周りに気を使わなくて済む分、気持ちが楽でもあった。

「ご無沙汰しています」所長室に入ると、課長は以前と変わらぬ笑顔で私を迎えてくれた。髪に白いものが増えただけで、相変わらずすらりとした体型を維持していた。「お元気そうですね」

「林さんも、元気そうだね」私に応接のソファを勧めながら、課長が言う。課長は相変わらず私を旧姓で呼ぶ。新採の頃の日々がよみがえる。「最後に会ったのはいつだったかな？」

前も同じような会話をした覚えがある。あれは公募に応募することを相談した時だったと思う。

「奥様のお通夜の時……」

「そんな前になるか――」

思い出に耽るような言い方だった。

ドアがノックされ、若い男性がお茶を運んできた。

「ああ、うちでは男の子にもやらせているんだ」

私の視線に気が付いたのか、課長が説明する。男性はお茶を置くと、一礼して出て行った。

「うちの職場と全然違いますね。お茶出しはいつも若い女性職員ばかりで――」

「そのうち、男性がお茶出しするのが当たり前になると思うよ。さあ、冷めないうちにどうぞ」

勧められるままにお茶をいただく。おいしかった。

「おいしい。そう言えば、課長……所長さん、こだわりのお茶の淹れ方があるとおっしゃっていましたけど、その淹れ方を教えてあげたのですか？」

「そんなこと言ったことがあったかな……最近、物忘れがひどくて。それと、課長でいいよ。君との間では、私はまだ課長のままなのだろうから――」

課長と話していると、優しい気持ちになれた。つきあっていた頃に、夫に対して感じた気持ちによく似ていた。それも今となっては、遠い昔の出来事のように思える。

「それで、相談というのはどういったことかな？」

私は、今の職場での出来事を話した。山本くんのこと、子育てと仕事の両立のこと、将来のこと……。

私が話すのを、課長は黙って聞いていた。聞いてもらえている……母にも夫にも、誰にも言えなかったことを聞いてもらっている――。話しているうちに、涙が込み上げてきた。涙を見せたくなくてうつむく。慌ててバッグからハンカチを取り出す。課長が、私の肩にそっと手を置く。顔を上げると、課長の顔が霞んで見えた。ぼんやり見える顔が、黙ったまま頷いている。

「よく我慢したね」

その一言で十分だと思った。低く嗚咽が漏れる。

「林さんの部署は、確か……」

しばらくして課長が私に声をかける。所属名を告げる。それは課長がかつてやりがいのある仕事だと言っていた部署。私があこがれて入った部署。

「すると、課長は小南くんか……」

課長が少し厳しい顔をする。

「分かった。彼は以前私の部下だったことがあるから、それとなく話をしてみるよ」

「ありがとうございます」

「それと……林さん、自分のやりたいことは大切にするようにね。本当の仕事なのだから――」

った。


「はい」

元気をもらった。気持ちが落ち着いていく。あと少し頑張ってみよう。

「何かあったら、こちらに連絡をくれればいい」

そう言って、課長はメモに十桁の番号を書いて渡してくれた。課長の携帯電話の番号だった。

その日、私は異動希望欄に、「引き続き今の仕事をしたい」と記入した。

平成十四年春

♡

二月のある日、私は小南課長から別室に呼び出された。

「相変わらず定時に帰っているようだけど、仕事は間に合っているのかな」

椅子に座るなり、突然切り出された。含みのある嫌な言い方だった。机を挟んで向かいに座る男の顔からは、その言葉が何を意図したものなのかを読み取ることはできなかった。

「ええ、期限のあるものは期限内にできています」

彼が何を言おうとしているのか分からないので、無難な応え方しかできない。

「期限のあるものはね――」

「それ以外も、ほとんど遅れていないはずです」

付け足すように言う。こんなところで揚げ足はとられたくない。

「ほとんどね――」

ねちねちと嫌みったらしく言ってくる。苛々が募る。

一体、この人は何が言いたいのだろう。

いつも感じる苛立ちが私を覆う。何か私の知らない情報を持っていて、いいように弄ばれている。そう感じる。

「吉田くんが時々、遅くまで残って、君がやり残した仕事をやっていることは知っているよね」

そのことは知らなかった。やりかけで残していた仕事が、翌朝出勤すると片付いていたことが時々あった。班長にそのことを聞くと、「他の仕事のついでにやっておいたから、気にしなくていいよ」と言ってくれた。私は班長のその言葉を真に受けていた。しかし、それは、私が班長の立場を理解していなかったからだと思い知らされた。班長は班長として、グループの仕事を遅れることなく進めなければいけない――そんなことが私には分かっていなかった。

「それは……」

「ま、済んだことだから今更どうとは言わないけど、周りに迷惑をかけていることだけは分かってほしいな」そこで言葉を切ると、男はテーブルの上で両手を組んで、「ところで、来年度のことだけど、君には地方事務所へ異動してもらうことになりそうだ」と言った。

異動の内示はまだ一か月以上先のはずだった。それをどうして、この時期に私に伝える必要があるのか、私には男の真意が分からない。

「それは決定ですか？」

「そう思ってもらって問題ない」

「どういうことですか」

「その方が君にとっていいと思ったからに決まっているだろう」

男の言葉に苛立ちが交じる。まさか口答えされるとは思っていなかったようだ。

「私は、引き続き今の仕事をしたいと希望したはずですが……」

「ああ、そうだったね。でも、吉田くんは君を異動させた方がいいと言っていた」

私は班長の顔を思い浮かべる。班長は、昨年度までは私のことをそれなりに評価してくれていた、そう思っていた。班長が私の置かれた状況を見かねて意見を言ったのか、組織のためを考えて意見を言ったのかは分からない。でも、班長はそう判断した。それが、私にとっての事実だった。

「自分の家の近くの職場の方が子育てはしやすいんじゃないかな。君にとって一番の選択だと思うよ」

「公募で異動してきてまだ三年です。私は、この仕事がやりたくて異動してきました。まだやり残したことがあります――」

唇をかみしめる。うつむきはしない。目の前の男から視線をそらさない。ここで諦めたくはない。

男が少したじろぐ。視線を切ったのは男の方だった。

「三年もやれば十分だよ。それに、そんなに仕事にこだわらなくてもいいんじゃないかな――」

その先は、「所詮、女なんだから」とでも続けたいのだろう。さすがにそこまでは言わなかったが――。

「それと、山下所長。君、あの人とどういう関係なの？」

口を開きかけた私の機先を制して、男が言う。下から見上げるような視線が嫌だった。

「それは……新採の時の上司です」

そこまでにした。仲人のことはプライベートなのであえて伏せた。

「そう」男が面白くなさそうに言う。何を勘ぐっているんだ、この人は。「俺も昔仕えたことあるけど、やりにくい人だったね。仕事はできるかもしれないけど、女性目線が強すぎるんだよな。女の子ばかり優遇して、男に女の子がやっていた雑用をやらせようとするんだからな。俺にしてみれば、そんなことありえんよ。非効率的だと言いたいね。俺にはあの人の考え方が理解できないし、そもそも理解しようとも思わない。女の子なんて所詮、結婚するまでの腰掛けか、結婚したあとでも、適当に楽な仕事が続けられればいいと思っているだけだ。そんな子に責任ある仕事を任せられるはずないだろ。そもそも、女は男とは仕事に対する責任感が違うんだよ。それに、子育て中の子に何ができると言うんだ。子供が熱を出したと言って仕事をほっぽり出して帰られては、周りの職員はたまったものじゃない。そんなリスクのある子に仕事を任せることなんかできるわけない。そのことがあの人には分かっていないんだよ。だから、男性職員からは敬遠されていたんだ」

「そんなこと……」

山下課長がお茶当番廃止を言い出した時の男性職員の反応を思い出した。あの時も、課長が異動したら、すぐに元に戻ってしまった。あれから十年以上経っている。組織は変わっても、職員の意識はそれほど変わっていないのかもしれない。

「そうそう、あの人、君のことを心配していたぞ。できる子だから、やりたい仕事をやらせて、きちんと育ててやってくれって。ま、そんなこと俺に言われてもと思ったけどな」

男の口元がいやらしく上がる。それを見て、私の体から力が抜けていく。どうにもならない。そんな無力感に包まれていく。この人の下ではもう働きたくない。働けない。

「それから、山下所長、今年で退職だそうだ」

「えっ。定年まではあと一年あるはず……」

「肩たたきだよ。天下り先を斡旋してもらったみたいだな。いいよな、偉くなると——」

「……」

孤立無援。誰も私を助けてくれない。もう、耐えられなかった。ひび割れた私の心が折れて、崩れ落ちていく。あのビルのように……。

「話は以上だ」

それだけ言うと、男は席を立って出て行った。一人残された私は、しばらく動くことができなかった。会議室の窓から入る夕日の赤が机の上に広がっている。

その夜、帰宅した夫に、三月で仕事を辞めると伝えた。だけど、課長が退職することは伝えなかった。夫は、「そう。麻美さんが決めたことなら」とだけ言った。少し寂しそうだったが、夫は引き留めることはしなかった。分かっていても、物足りなさを覚える。もう少しなんとか言ってほしかった。夫にはもっと近い存在でいてほしかった。

翌日、退職届を出した。理由欄は「一身上の都合」とだけ記入した。

あの日、課長にもらったメモを広げる。十桁の数字が書かれている。携帯電話のボタンに一つひとつ打ち込む。電話帳に登録する。登録名は、少し迷ってから「課長」とした。通話ボタンを押す。電話の奥から呼び出し音が聞こえてくる。

――はい。

声が聞こえる。優しい声――。気持ちが落ち着いていく。

――林です。

旧姓を告げる。しばらく間が空く。

――どうかしたのか？

ただ、声が聞きたかった。ただ、話がしたかっただけ――。でも、そう言えなかった。

――私、仕事辞めることにしました。

言うつもりのなかった言葉がこぼれ落ちる。自分でも声が震えていることが分かる。電話の向こうで課長が息を呑む気配が伝わってくる。

――どうして？

夫とは違う返事。私は、課長から引き留められたかったのだろうか？

――疲れました。

課長はかける言葉を探している。きっと、電話の向こうで困った顔をしているのだろう。

――そう……疲れたのか……。

自分に言い聞かせるような言い方だった。

――課長……。

――うん……。

――いろいろと、お世話になりました。

頬を涙が伝わり落ちていく。ああ、泣いてしまった、もっと明るく伝えようと思っていたのに……。

――ああ。こちらこそ力になれなくて……。無責任なことを言って、かえって辛い思いをさせてしまったのかもしれない。申し訳なかった。

――いえ、そんなこと……。

助けてもらった。勇気をもらった。そのことの方が多い。でも、退職を決めたのは私。結局、思うようにはならなかった。

――少し休むと思えばいい。元気になったらまた働けばいい。いつか……いつでもいいから、新採の時のような元気な姿を見せてくれないか。

――はい……。

いつかそんな姿を課長に見せたいとは思う。しかし、約束できるとは思えない。今はそんな自分の姿を想像できなかった。

通話終了ボタンに指をかける。でも、押せなかった。押したくなかった。このまま、電話を切りたくない。つながっていたい。だから、そのまま待つ。電話の向こうから切断音は聞こえてこない。まだつながっている。課長も切れないでいる。私はボタンを押せない。課長もボタンを押せない。

――あの……また、電話してもいいですか？

沈黙に耐えきれず、私が聞く。間が空く。

――ああ。でも、その時は明るい話題にしてもらえると、うれしいな。

――分かりました。そうします。

そっとボタンを押す。切断音が聞こえてくる。でも、携帯電話の画面には〝彼〟の番号が残っている。まだ、つながっている。


三月下旬とはいえ、夜のホームには、まだ肌寒さが残っていた。駅員のアナウンスが聞こえる。もうすぐ、私を乗せる電車が来る。公務員生活最後の日が終わろうとしている。

昨日、私は退職祝いがしたいと、〝彼〟を呼び出した。二人きりで会うことに彼は躊躇していたようだったが、自分の退職も祝ってもらいたいと、半ば強引に誘った。

「一時間くらいなら」最後に彼が折れ、時間と場所を告げてきた。夫には、職場で急遽、送別会を開いてくれることになったからと嘘をついた。「ゆっくりしてくればいいよ。子供たちの面倒は見るから」夫の優しい声が辛かった。

約束の時間の少し前に、指定された店に入ると、彼は既に来ていた。カウンター席に座って、女将となんやら話している。私に気付くと、彼は隣の席に置いてあった鞄を下に置き、座るよう手招きした。彼の行きつけの一つというその店は、カウンター席とテーブル席が二つといったこぢんまりとした造りであったが、落ち着いた雰囲気のある店だった。

「感じのいい店ですね」

「昔、先輩に連れてきてもらったことがあって、それからよく通うようになったんだ」

彼はそう言って、カウンター越しに女将を見る。女将がにっこりと微笑む。目尻の皺からすると彼より少し若いくらいだろうか。上品な感じのする女性だった。なんとなく、亡くなった彼の奥さんにも雰囲気が似ていた。

ビールで乾杯したあと、私と彼はカウンター席で一時間ほど話をした。どちらかと言うと私が、採用された頃の思い出話や職場の悪口を一方的にしゃべっていたと思う。その話を彼はいつものように黙って聞いてくれていた。

一時間はあっという間に過ぎた。

私が払うというのを押しとどめ、彼が支払いをする。最後まで頼りっぱなしになってしまった。

会計を終えて席に戻ってきた彼が鞄の中から紙袋を取り出す。

「こんなことで退職されるのは残念だけど……でも、人生の区切りだから……退職祝いに……その、何がいいか分からなくて……前に着けていたのを見たことあったから……」

彼にしては珍しく言い澱みながら話す。こんなふうに照れるんだと思うと、なんとなく微笑ましかった。

手渡された紙袋を開けてみる。淡いピンク色のシュシュが入っていた。

「ありがとうございます。着けてもいいですか」

私はシュシュを取り出すと、まとめている髪をほどく。背中まで伸びた髪がはらりと広がる。

「髪をまとめていない君を見たのは初めてかな……。素敵だな」

髪をまとめようとした手が止まる。彼の目を見る。しまったといった顔をして、彼は目を伏せた。鼓動が速くなる。まるで好きな人に告白された少女のように体が熱くなる。私は彼を見たまま動けない。言葉が出ない。彼も動かない。何も言わない。彼は思わず漏らしてしまった一言を後悔しているようだった。そんなことを言った彼を私はずるいと思う。

　今、そんなこと言われたら……。

　抑えられない……自分の気持ちが次から次へとあふれてくる。自分は二児の母親だと思う。それに夫もいる。そう思っても、自分の気持ちが抑えられない。今まで封印していた気持ち。気付いていたけど気付かない振りをしていた思い。それが止めどもなくあふれ出てくる。

　一緒にいたい……ずっと、一緒にいたい。

　その言葉をなんとか飲み込む。夫の顔を、子供たちの顔を思い浮かべる。でも、靄（もや）がかかったようではっきりと見えない。

「いやいや、それではプレゼントの意味がなかったな」

　慌てて取り繕うように彼が言う。私は手の中にある、もらったばかりのシュシュを見つめる。彼が選んでくれたシュシュ。初めて彼がくれたプレゼント。それをそっと紙袋に戻す。かさこそと音をたてて、淡いピンク色が落ちていく。

「やっぱり、家に帰ってからにします」

　彼は何も言わなかった。

　店を出ると、外では細かい雨が降っていた。しかし、傘を差すほどではなかった。何も言わず歩く彼のあとについて駅に向かう。黒いコートを着た彼の背中を見つめながら……。彼は決して振り返ろうとはしなかったが、意識が私に向けられていることは分かった。追いつけそうで追いつけない背中。駆け寄ってその腕に掴まりたい。でも、そんなことはできないし、彼はそれを許さないだろう。狭めることのできない距離がそこにある。二人に彼の不用意な一言が重くのしかかっていた。彼はその一言をひどく後悔しているのだと思う。だから、振り返らず歩き続ける。

駅には家路を急ぐ人々があふれていた。三月末の週末、送別会の帰りなのか花束を抱えた人もいる。それぞれがそれぞれの思いを抱え、駅に入っていく。

駅前にある桜の木は満開だった。今年は、去年より桜の開花が早かった。足を止め、桜の木を見上げる。夜空を覆い尽くさんばかりの薄桃色の世界が圧倒的な力で迫ってくる。風に吹かれて、はらりはらりと色の欠片が舞い落ちてくる。路上に散った花びらが雨に打たれている。駅に向かう人々が落ちた花びらを踏みながら歩いていく。花びらが泥にまみれる。駅からの灯りが、その光景をぼんやりと照らす。枝にある花びら、舞い落ちる花びら、地上に落ちた花びら、そして踏みつけられた花びら、みんな同じ花びらなのに、人の見方、感じ方はそれぞれ異なる。

今の私はどの花びらなのだろう……。

新採の時の花見を思い出す。

ああ、もう、あの頃には戻れないんだ。

振り返ると、駅の入り口で彼が私を見ている。その視線は私の向こうにある桜の木に向けられているようにも思えた。彼が頷く。私は入り口に向かう。

改札を通り、ホームに向かう。私と彼は向かう方向が逆のはずなのに、彼は私が乗る方面のホームに向かった。

「見送るよ」

振り返らずに彼が言う。見送られたくなんてなかった。でも、頷いてしまう。ホームに着くと、電車の到着まではまだ少し時間があった。ホームのベンチに並んで座る。火照った肌に夜風が心地よかった。反対側のホームに停まっていた電車が動き出す。本当は、あの電車に乗る彼を私が見送るはずだった……そんなことをぼんやりと考える。強引に誘わなければよかった。かえって気持ちの整理が付かなくなってしまったことを後悔した。

退職したらもう会わない。そのつもりでいたのが、「もう会えない」になってしまった。

電車が間もなく到着するというアナウンスが流れる。線路の向こうに、こちらに向かってくる電車の灯りがかすかに見える。そのまま近づいてこなければいいと思う。

「電車、来たよ」

彼が立ち上がり、素っ気なく言う。座ったままの私の前に彼の手がさしのべられる。いやいやする私は、まるで子供だった。彼は何も言わない。彼の手が私を待っている。私は仕方なくその手を取り、ベンチからゆっくり立ち上がる。体が少しふらつく。そのまま酔った振りをして、彼に寄りかかりたかった。彼の腕に抱かれたかった。でも、そんなことはできない。

「大丈夫か?」

よろめく私を彼が気遣う。

「大丈夫です」

初めて握る彼の手は温かった。花見の時に酔って嘔吐する私の背中を優しくさすってくれた手だ。

「少し飲み過ぎたようだね」

あの時と同じ言葉が返ってくる。酔い潰れた私を送ってくれた時にかけてくれた言葉。でも、今日はあの時と違い、私は酔っていない。体がふらついたのは酔いのせいではない。でも、そのことを彼に悟られたくはなかった。酔いのせいにしておきたかった。

八両編成の列車がホームに滑り込んでくる。到着を告げるアナウンスが響く。ホームで待つ人たちが、ドアの前に移動する。

電車のドアが開き、乗客が降りてくる。

「さあ、乗りなさい」

彼は強い口調で言う。私はうつむいたまま、彼の手を離さない。離せないでいた。

ホームで待っていた人たちが、車両に向かう。ホームにたたずんだまま、手を取り合っている私たちにちらりと目をやる人もいたが、それほど気にすることもなく車両に乗り込んでいく。私たちは、親子にしか見えない。決して歳の離れた恋人には見えない。そんな二人のはずだった。

「私は――」

私の言葉をさえぎるかのように、彼が首を小さく振る。

「それは、君を苦しめることにしかならないよ」

彼はそう言って、ゆっくりと手を離す。

分かっている……。

私は彼の手があったはずの空間をしばらく見つめる。そして、そこにあるはずの彼の手がないことに気付く。視線が彼の手を追い求める。そこには私の手だけしかない。私の手には彼の手の感触だけが残っている。でも、彼の手を見つけることができない。

顔を上げると困った顔をした彼がいた。

採用されたばかりの私に声をかけてくれた、あの時と同じ顔……夫がする顔とよく似た顔。私は夫がする困った顔が好きだった。でも、それは、彼がする困った顔が好きだったからなのだ――。そのことに、その時、初めて気付く。

ああ、また、困らせちゃった……。

聡子さんごめんなさい。課長を……〝彼〟を……。

「……」

私はゆっくりと開いているドアに向かう。ホームでは発車のベルが鳴っている。駅員が早く乗るように促す。車両に乗り込むと同時にドアが空気音をたてて閉まる。振り返ると、ドアの向こうで彼がたたずんでいる。何も言わず、手も振らず、ただ、こちらを見て立ち尽くしている。私と彼を隔てる窓ガラスに雨粒が着いている。雨粒にそっと指を這わせる。ガラスの冷たさが伝わってくる。

がたんと揺れて、電車が動き出す。ゆっくりと加速する。ドアの向こうにいる彼の姿を置いていく。窓ガラスに着いた雨粒が流れて落ちていく。置いていかれたのは私の方なのに……私は目が潤んでいることを自覚する。

誰もいなくなってしまった。私はひとりぼっちになった。

髪を切った。

帰宅した夫は私を見て、「髪切ったんだ」とだけしか言わなかった。少し寂しげな声で――。

♠

妻から仕事を辞めると聞かされた時、ぼくは正直ほっとした。彼女の様子を見ていると、もう限界だと思っていた。このまま続ければ、遅かれ早かれ妻は壊れてしまう。しかし、ぼくは妻に声をかけることはしなかった。彼女がやりたいといった仕事に、リングの外にいるぼくがタオルを投げ入れることはしたくなかった。

やはり無理だったのか……。

でも、こうなる前にどうして相談してくれなかったのか。ぼくでは頼りなかったのか。

そう、妻に問いかけたかった。

君はいつも自分一人で決めてしまう——。

仕事と子育ての両立、制度が令和の今ほど整備されていない当時は、口にするほどたやすいものではなかったはずだ。何より、男性側の意識が今とは決定的に異なっていた。そんな中で、妻はよく頑張ったと思う。

最初の二年間は順調だった。上司や同僚に恵まれたのだろう。遅い夕食をとるぼくを前に、それまで子供のことしか話さなかった妻が、今日職場であったことを楽しそうに話すようになった。まるで、小学校に上がったばかりの子が、家で自慢げに学校であったことを話すかのように——。

当時、主管課で予算担当をしていたぼくは、毎日仕事に追われていた。でも、仕事に疲れていても、妻の話を聞くのは楽しかった。妻の笑顔を見るのがうれしくもあった。妻が本庁を希望した時は、うまくやっていけず、すぐに音を上げるのではと不安に思っていたが、それは杞憂に過ぎなかったようだった。ぼくが思う以上に妻は頑張り屋だった。そのことをぼくは誇らしく感じる。

ぼくたち夫婦に久し振りに会話が戻ってきた。慌ただしい毎日ではあったが、子供たちが寝たあとの二人の時間は充実していた。妻の話を聞いている限り、妻は少しずつ責任ある仕事を任されるようになってきているようだった。妻の顔は明るく、生き生きとしていた。その頃のぼくたちは、忙しいながらも何もかもが順調に進むと思っていた。

三年目、妻の上司である課長が交代してから雲行きが怪しくなった。新しい課長にまつわる噂は、部局が違うぼくの耳にも届いていた。前に吉永さんから聞いた話だと、彼は部下を何人も潰している。しかし、その時は、妻が標的にされるとは思いもしなかった。

「新採の指導係だって」四月の始め、仕事から帰った妻はいかにもつまらなさそうな感じで言った。聞くと、新しい課長になって突然、仕事の分担が代わったと言う。

「なんで、私なのだろう。もっと若い子もいるのにね。ああ、今年は田宮さんと一緒に新しい企画に取り組むはずだったのになぁ」と言う妻は、いかにも残念そうだった。

そんな妻に、ぼくは「後輩の教育は大切なことだから」と言った。ぼく自身、新採の教育係を何度も経験していたが、それは、もっと若い時期だった。恐らく、妻が戦力にならないと考えた課長が、それほど責任のない仕事を押しつけたのだろうと思った。でなければ、四月になってから事務分担が変わることの説明はつかなかった。でも、そんなことは目の前の妻には言えるはずはなかった。

その日以後、妻の話題は新採の山本くんについてのことが大半を占めるようになった。しばらくすると、明るく話すものの、妻は時折、不安そうな表情を交えるようになった。ぼくも話を聞いて、山本くんに危うさを覚えた。「今日、山本くんが課長に怒られたの。

私にしてみればたいしたことじゃないのに、あの課長ったらねちねち言うんだよね。私まで呼び出されて一緒に怒られちゃった。全く嫌になっちゃうよ。それに、田宮さんたちも大変みたい。課長が後ろ向きのことばかり言うって愚痴ってた。あの課長のせいで、みんな大変。でも、山本くん、かなり落ち込んでいたけど、大丈夫かな」明らかに線が細い。あの課長の下では長くは続かないのではないか。そんな不安が頭をよぎった。

「山本くんが出勤できなくなった」妻からそのことを聞いたのは、六月に入った頃だったと思う。課長からかなりのストレスを受けていたようだった。「山本くん、死のうと思ったのかな……。可哀想だよね。あんな課長の下でなきゃもっと頑張れたのに……」

山本くんがいなくなったあと、妻の仕事は増え、妻の口からは職場の愚痴しか出なくなった。「全部、私がやることになったの。そんなのあり？　誰も手伝ってくれないんだよ。そりゃ、あの課長のせいで、みんな去年より仕事が増えて大変なことは分かるけど、なんで私ばかり雑用を押しつけられなきゃいけないの。おかしいよね、そんなの」

妻の表情は日に日に暗くなっていった。心がどんどん荒(すさ)んでいくようで、見ているのが辛かった。

「田宮さんったら私の机の上に書類をぽんと置いて、十部コピーしておいてと言うんだよ。私だって忙しいんだから、そんなこと自分でやってよって言ったら、前は山本くんにやってもらっていたからと言うの。私は山本くんじゃないと言ってやりたかったけど、仕方なくコピーして田宮さんの机にどんと置いてやったの。そしたら、田宮さんびっくりしたような顔してね。私、なんか怖い顔でもしていたのかな。だけど、田宮さん、ありがとうの一言もなかったんだよ。信じられる？　他人に仕事頼んでおいてお礼も言わないなんて。あの子、年下のくせに、最近、偉そうなこと言うようになって、なんか嫌な感じ」

　妻の愚痴はおおかた、相手方に非があるものだったが、時には妻が過剰反応をしていると思えるようなものもあった。

「課長が山本くんをいじめていたのって、山本くんが出た大学に落ちたからだって。あの課長ならありえるよね。陰湿そうだから。うん、絶対そうだよ、それ以外考えられない」

「それは違うんじゃないかな」そう思っても、ぼくはあえて指摘することはしなかった。言ったところで妻の気持ちは収まらないし、かえって火に油を注ぐ結果となりそうだった。

　少しずつ妻の話に違和感を覚えるようになった。それまで相手をなじる言葉が多かったのが、同僚が自分を貶（おとし）めようとしているとか、誰それが自分の悪口を言っているとかと口にするようになった。

「給湯室に行くと、みんながさっと目をそらすの。それまで大きな声でしゃべっていたのに、急にみんな黙り込んじゃって……。これって、きっとみんなで私の悪口を言っていたんだよね」

「疑心暗鬼」が妻の心にとりつこうとしている。そして、それまで外に向かっていた矢印が自分に向かい出した。

「みんな私が悪いんだよね」

「私って何をやってもダメなんだ」

「そんなことはないよ」ぼくはそうとしか声をかけることができない。

「ありがとう」妻は寂しく言葉を返すだけで、ぼくの言葉が彼女に届いているようには思えなかった。今にして思うと、この頃から妻の心は壊れ始めていたのだろう。だからといってぼくは妻に何かしてあげたわけではない。正直言って、どうしたらいいのか分からなかった。

　山本くんが休職する頃には、妻の愚痴はかなりエスカレートしていた。欠員補充はされなかったようで、妻の負担は増える一方だった。子供を産んでからしばらくやめていた酒も飲むようになった。帰ると、流しの横にチューハイの空き缶が並んでいる。一本が二本に……少しずつ量が増えていく。酔っているのか支離滅裂なことを言う時もあった。

「だから、本庁勤務はやめておけと言ったのに」そう言いかけた言葉を何度も飲み込んだ。反対はしたが、妻が決めたことなので、できる限り応援してやりたかった。ただ、それももうできないところにまできていた。

　妻や山本くんが職場で受けていた仕打ちは、今からすれば明らかにパワーハラスメントに該当するだろう。しかし、当時は上司が部下を叱責することは当たり前のことであり、それは「指導」であった。決裁文書を「気に入らない」と言って、窓から投げ捨てた上司がいたと言う。上司は権力を持ち、部下は無条件にそれに従うしかない。それが当たり前と思われていた時代だった。ハラスメントと言えば、セクシャルハラスメントがいくつかの判例によって定着しつつあったものの、防止要綱はできたばかりでハラスメントが悪いことだということはなんとなく分かるが、具体的に何をしてはいけないのかということが、はっきりとイメージできていなかった。そんな時代だった。

当時はまだ、子育てをしながら働くことは難しい時代だったと思う。実際、子育てをしながら働く女子職員はいた。ただ、親と同居している場合が多く、しかも、勤務場所は自宅近くがほとんどで、本庁勤務はごくわずかだった。その後、育児休業の制度はどんどん手厚くなっていったが、それでも夫婦のどちらかが子育てをするということが前提だった。そして、多くの場合、子育ては女性の役割と思われていた。ぼく自身、仕事を理由に、家事も育児もほとんど妻に任せていた。社会の風潮が代わり、男性が子育てや家事をすることが当たり前となってきたのは、つい最近のことだ。ぼくたちの子供たちが生まれたのが、こんな時代だったら、妻は苦しまずに済んだのかもしれない。

ホリデーパパ――。

あの大雨の日に吉永さんに言われた言葉。ぼくは結局そこから脱却できなかった。「奥さんを大切にね」吉永さんの最後の言葉が耳に残っている。

「ごめんなさい」それは、吉永さんに言うべきものなのか、妻に言うべきものなのか、分からない……。

妻はかなり無理をしていたと思う。一度だけ、「母と喧嘩した」と言われたことがあったが、疲れていたぼくはまともに相手もできず、何もしてやることはできなかった。その翌日から妻の帰りが早くなったことを、のちに義母から聞いた。ぼくは、それが職場が妻に配慮してくれたものだと思い込んでいた。ただ、その頃から妻の口数が減り、ふさぎ込むことが多くなったのも事実だった。

十一月のある日、帰宅すると、真っ暗なダイニングで妻が酔い潰れていた。「どうしたんだ」と聞くと、譫言のように「山本くんが辞めた。辞めさせられた」と繰り返すだけだった。ぼくにできたのはそんな妻をベッドまで連れていくことだけだった。ただ、それからしばらくして、妻の表情に明るさが戻った時期があった。異動希望調書を提出する頃だったと思う。その時は、職場で何かいいことがあったのだろう程度にしか思わなかった。酒も飲まなくなった。ヤマを越え、これから少しずつよくなっていくはずだという楽観的な気持ちがぼくを支配していた。実際、それからしばらくは、妻は子供たちの前ではよい母親、ぼくの前ではよい妻であった。しかし、今にして思えば、妻は自分の役割を淡々と演じていたに過ぎなかった。妻の顔から表情が失われつつあったことにぼくは気付かなかった。コップいっぱいに満たされた水に一滴、一滴と滴が落ちる。いつか限界となりあふれ出す。妻の心はそんな微妙な平衡状態にあった。あの時ぼくは、どうしてそのことに気付いてやることができなかったのだろう。

そして、二月。妻は突然仕事を辞めることにしたと告げた。それは相談ではなく、決定だった。ぼくには、「そう。麻美さんが決めたことなら」としか言えなかった。彼女のどんよりとした表情を見ていると、このまま彼女がぼくの手の届かないどこかに行ってしまうのではないか、という気がした。

その日から、ぼくたちの間には会話らしい会話がなくなった。


三月上旬、ぼくは職場で一本の電話を受けた。吉田と名乗る男は、麻美の上司で、妻のことで話をしたいと伝えてきた。

待ち合わせ場所に指定された本庁舎五階の食堂には、ちらほらと打ち合わせをする職員の姿があった。ぼくは頼んだコーヒーを受け取ると奥の窓際の席に着いた。しばらくして、太り気味の五十歳くらいの男性が入ってきた。ぼくが軽く手を上げると、男が会釈する。トレイにコーヒーを乗せ、男はぼくの前の席に座った。

「すみません、お忙しい時にお呼び立てして」吉田さんが恐縮しながら言う。その素振りから、悪い人ではないのだろうと思う。

「いえ、ちょうど仕事が片付いたところでしたから」そう言ったものの、年度末が近く仕事が山積みだったので、それほど時間がとれるわけではなかった。「妻のことということでしたが、どういったことでしょうか」

「申し訳ございません」

吉田さんはいきなり頭を下げた。それが妻の退職のことを言っているのだと分かるまで、少し時間が必要だった。

「いや、そんなことをいきなり言われても……」ぼくは周りを見渡す。誰もぼくたちの会話を気にしている様子はなかったが、こんなところで不用意に話し始める目の前の太った男に、苛立ちを覚えた。悪気はないのだろうが、場所をもう少しわきまえてほしかった。

「吉田さんに謝られても、どうかなるものでもありませんので。どうか顔を上げてください」

「もう少し、彼女……奥さんの力になってやればよかったと思っています」

「もう、いいですよ。それに、辞めると決めたのは妻ですから」

決めたのは妻。ぼくはそれ以上、何も言えなかったし、何も言わなかった。

「公募の面接をした時、彼女を強く推薦したのは自分でした」とつとつと吉田さんが語り始めた。「書類審査の段階では、勤務成績は申し分ないが、まだ子供が小さいからどうかという意見が多かったと記憶しています。それに、本庁での経験が全くないのもマイナス要素だったと思います」

だったら、なぜ妻を合格にしたんだ。合格しなければ、妻はこんな苦しい思いはしなくて済んだかもしれないのに……。そもそも、なぜ今、このタイミングで、妻ではなく、ぼくにそんな話をするんだ。そう思うと、目の前に座る男が許せなくなってきた。思い切り罵倒(ばとう)してやりたい。妻の人生をどうしてくれるんだ。すべては、お前が原因だったじゃないのか、と。

「でも、面接をしてみると、彼女の明るさ、希望する仕事に対するひたむきさ、何より、この仕事をどうしてもやりたいという気持ち。それが他の応募者と決定的に違ったのです。

面接している自分を見る彼女の目はきらきらと輝いていました。こんな目を見たのは久し振りだと思った覚えがあります。この子はやれる。この子をうちの職場に欲しい。そう思いました。だから、自分は彼女を強く推(お)しました」

「そして、合格した……」

　握りしめた手に力が入る。そんな妻は結局退職する。

「そうです。それは、彼女にとってよかったことだと今でも思っています。うちの職場にきて二年間、彼女は本当に生き生きと仕事をしていました。自分が想像した以上に、仕事はできました。何にでも興味を持ち、乾いた綿が水を吸い込むように知識を吸収していきました。周りの職員もそんな彼女を認め、子育てについても理解を示していました。何より課長が彼女に対して理解があったと思います。でも……」

「でも……」

　そう、確かにこの頃の妻は仕事が楽しくてしようがないといった感じだった。でも、「でも」なんだ。たった一人で課の雰囲気はがらっと変わる。それは、ぼくも経験したことがある。

「今年度、小南課長が来て、すべてが変わりました。課長から彼女の事務分担を見直すように言われた時、自分は反対しました。彼女には田宮くんと新しい企画に取り組んでもらうつもりでしたから。そもそも、三月に決まっているものを四月になっていきなり変更するなんて、聞いたことがありません。でも、課長はこの子は所詮子育て中だから、半人前の仕事しかできない。だったら、新採と合わせて一人前の仕事でいいと言って譲りませんでした。彼女にとっては不本意だったかもしれません。実際、彼女に事務分担の変更を告げた時、明らかに不服そうでした。それでも彼女は、一生懸命山本くんの指導をしてくれました」

確かに妻は、最初こそなぜ自分がやらなければいけないのか分からない様子だった。それでも、山本くんを一人前にしようと頑張るようになった。自分が半人前扱いされているとは知らずに……。

「その山本くんが辞めることとなって……自分としては山本くんの仕事をそのまま彼女に任せることはしたくなかった。でも……課長が、もともと半人前同士だから、一人でやれるはずだと言って……」

そんなところだったのだろうと思う。しかし、半人前でも、本人にとって仕事は一人分だということが分かっていない、いや、分かろうとしない。そんな、想像力に欠けた上司の下で、妻は仕事をしていたのかと思うと可哀想でならなかった。

「当然、彼女の仕事は遅れがちになりました。班員たちも課長からかなりプレッシャーをかけられていて、誰も彼女を手伝う余裕がなく、次第にグループ内の雰囲気は悪くなって……」

そして、彼女は仲間はずれにされた。誰も妻を助けようとはしなかった。山本くんに対してそうであったように……。

「でも、自分はできる限り彼女をサポートしました。彼女がやり残した仕事を時間外に済ませることもしました。でも……」

そう、ここでも「でも」。目の前にいる妻の上司は、先ほどから自分の言い訳ばかりしている。自分は精いっぱいのことをした。「でも」やむを得なかった。それが単なる自己弁護に過ぎないことを本人は気が付いていない。ぼくはなんのためにこの男に呼び出され、言い訳ばかりを聞かされなければいけないのだろうか。苛立ちばかりが募る。

「小南課長から、彼女の処遇について尋ねられた時、地方機関へ異動させた方がいいと言いました。このままでは、彼女は潰れてしまうと思ったからです。もう、ここで仕事を続けさせることは彼女にとってプラスにはならない。そして、課長は地方機関に異動させることになったと彼女に告げたんです」

「えっ。そんなのありですか！」

内示前にそんなことを言うのか。思わず声が出る。その言葉を聞かされた時の妻の感情の落ち込みが容易に想像できる。

「申し訳なかったと思っています。自分があんなことを課長に言いさえしなければ……でも……」

吉田さんが頭を下げる。そう、吉田さんがどう言おうと、小南課長は妻を異動させただろう。仮に異動せずにそのまま残ったとしても、妻には仕事は苦痛以外の何物でもなくなっていたはずだ。吉田さんの判断は決して間違っていなかったと思う。自分でも同じ立場になればそう応えていただろう。ただ、今のぼくにとってそのことはなんら意味を持たないことだった。

「吉田さん。もういいです」

吉田さんの肩をそっと叩く。もう、何もこの男から聞きたくなかった。彼が話す言葉が、すべて言い訳にしか聞こえなかった。もう少し妻の力になってやりたかったという思いは嘘ではないだろう。でも、できなかったことをここでくどくどと言われても、困るだけだった。今聞いた話を妻にすることはないだろうし、することはできない。おおかた想像できていたこととはいえ、そんな話を妻にしたところで今更どうなると言うのだろうか。吉田さんとのこの時間は、彼の懺悔の時間であって、聖職者でないぼくにとっては、聞きたくもない話をだらだらと聞かされただけのことだった。

「すみません。そろそろ戻らないといけないので……今日はいろいろと話していただき、ありがとうございました」

それだけ言うと、ぼくはトレイを持って席を立った。


送別会の日、妻はどこで誰と会っていたのだろうか……？

あれだけ冷たかった職場の同僚が送別会を開いてくれるとは思えない。かつての仲間たちが開いてくれたのだろうか？　それも考えづらかった。その日、ぼくは「妻が嘘をついている」と分かっていても、子供たちの世話を引き受け、妻を送り出した。引き留めることはできたかもしれない。でも、引き留めたあとの、ぼくと妻との関係を想像することができなかった。

その日、子供たちと近くの中華料理店で夕食を済ませ、帰ってきた時には既に妻は帰宅していた。玄関は開いていたが、部屋は暗かった。

随分早く終わったんだな。それにしても電気もつけずに。

眠っている奈津実を抱きかかえ、眠そうな知己を連れて部屋に入る。リビングの電気をつけると、妻がソファに横になっていた。床にはくしゃくしゃになった紙袋が落ちている。妻に声をかけたが、起きる気配はない。とりあえず子供たちを風呂に入れさせ、寝かしつけた。リビングに戻ると、妻はダイニングの椅子に座って、テーブルに突っ伏していた。手元にはコップに入った水が置いてある。

何かあったのだろうか？

「飲み過ぎたのか」

ぼくの声に、妻がゆっくりと顔を上げる。まとめていない髪が顔を覆う。妻は物憂げに髪を払いあげる。目には赤く泣きはらしたあとがあった。

どうかしたの……？

その一言を口にすることはできなかった。誰かと会っていたのだろうと思う。それが、誰なのかは分からない。妻が浮気をしている……？　そんなことは考えられなかったし、考えたくもなかった。でも、今、目の前にいる妻を見ていると、別れ話をしてきたとしか思えなかった。だけど、そのことを妻に聞くことはできなかった。

「ごめん……何も聞かないで」

「でも……」

「いいから、一人にして！」

いつにない強い口調にたじろぐ。ぼくはそのまま黙ってダイニングをあとにした。

朝まで、妻は二階には上がってこなかった。


長かった髪を妻はばっさりと切った。

妻に何が起きたのか、ぼくには分からない。妻にはぼくの知らない世界がある。そう思うしかなかった。


仕事を辞めたあと、妻は心を病んだ。

その日の朝、ぼくが出勤するまで、珍しく妻は起きてこなかった。疲れているのだろうと思っただけで、ぼくはいつものように出勤した。

この年の四月、ぼくは主査となった。採用から十二年、同期の中では早い出世と言える。ただ、退職を決めていた妻には、昇任の話はできなかった。異動となることだけを告げただけだった。

ジョブローテーション。

職員を定期的に異なる仕事に就かせ、幅広い視野をもった人材を育てることを目的とした制度。四月から、ぼくは別の部局で今までやったことのない仕事を、初めて会う人々とすることになった。始まってまだ間もない制度だが、既に見直しが噂されている。中堅職員がついていけないと言う。長年同じ仕事で経験を積んでいた職員がいきなり畑違いの仕事を命じられても、そう簡単に順応することはできない。民間と異なり、公務員の仕事は多岐にわたる。部署が異なれば会社が違うくらいの感覚がある。そもそも決められた仕事をすることに慣れている公務員は、それほど融通は利かない。いきなり慣れない仕事を命じられ、メンタルに不調を来す職員が増加しているというのが、見直しの背景にあるようだ。

ぼくの異動先は三年後に開かれる予定のイベントの担当課だった。前の知事の肝いりで始まったその事業は、紆余曲折を経て実現まであと一歩のところまできていた。異動の内示を受けた日、「浅野くんは仕事ができるから、どこでもやっていけるよ」と課長から言われた。ジョブローテーションは部をまたぐことが原則だったが、同じ課で対象となった者は皆、同じ部内での異動だった。

いいように使われたのかな——。

そんな気がした。

期限が決められた仕事ほど辛いものはない。やり残されたままの仕事がある。それを期限までにやらなければいけない。残り年数が短くなればなるほど、積み残された仕事は膨らんでいく。三年という長くて短い時間がぼくの前にあった。

　異動した初日、仕事を終えて帰ると、家の中は真っ暗だった。リビングに妻の姿はなく、子供たちの声も聞こえてこない。ダイニングのテーブルには妻のマグカップだけが、朝、ぼくが出て行った時のままに置かれている。シンクには食器が洗われることなく置かれていた。慌てて二階に上がる。寝室のドアを開けると、薄暗がりの中にベッドに横たわるパジャマ姿のままの妻がいた。

「具合でも悪いのか……？」

　妻は応えない。寝室の灯りをつける。光が室内に広がる。まぶしかったのか、妻が目をこらしてこちらを見る。その顔はどんよりとしていて、精気が感じられない。

「どうした？」

「ごめんなさい……。今、何時？」

「夜の九時だよ」

「もう、そんな時間……。子供たちを迎えに行かなきゃ」

「迎え……？　どこに……？」

「お母さんに頼んだの……」

　子供たちは妻の実家にいる。でも、どうして……？

「どうして……？」

「……」

妻は首を小さく横に振る。自分が何をしたのか分からないといった感じだった。

「一体、どうしたんだ……？」

「分からない……。でも、何もする気になれないの――」

そう言ったまま動こうとしない妻は、電池が切れたおもちゃのようだった。妻は壊れているのではないか、そんな恐怖を感じた。

リビングに戻り、妻の実家に電話を入れる。事情を説明し、その日は、子供たちを妻の実家に泊まらせることにした。電話の向こうで、義母は妻のことを心配するより、ぼくのことをなじった。ぼくの帰りが遅いことが原因だと。義母はぼくが仕事にかこつけて浮気をしていると、本気で疑っているようだった。

妻は、その日以後、一日中家の中で特に何もすることもなく、ぼんやりと過ごすようになった。義母に頭を下げて、日中の子供たちの世話を頼まざるを得なかった。「私だっていつも時間があるとは限らないんだから。そもそも、もう少し祐二さんがしっかりしてくれてさえいれば、こんなことにならなかったのに……」と、散々嫌みを言われた。義母にしてみれば、妻が心を病むようになった原因はすべてぼくにあるのだろう。「祐二さんがそんな人だとは思ってもいなかったわ。そんな人だと分かっていたら、麻美を嫁にやることはなかったのに……」そう言いたくてたまらないと義母の顔に書いてあった。ぼくはあえて義母に反論しなかった。反論しても理解されないことは分かっていた。

義母にとって、娘はなんでも自分の言うことを聞くいい子であるはずだった。だから、娘が心を病んだのは娘に原因があるのではなく、夫であるぼくに原因があると思いたいのだろう。喧嘩をしていてもいざとなれば、無条件に子供の味方となる。「自分の子は悪くない、悪いのはそちらだ」恐らく、それが普通の母親なのだろう。逆の立場なら、ぼくの母は妻を責めただろう。でも、責められた側にとっては、それは理不尽以外の何物でもない。そのことを責めた側はいつまで経っても理解できない。堂々巡りだった。

妻が寝込んだことで、妻がしていたさまざまな仕事がぼくの仕事になった。まだ、学校が春休みだからいいものの、もうすぐ新学期が始まる。どこまで自分一人でできるのか、自信はなかったが、やらなければいけなかった。

職場に妻の病気のことは言えなかった。妻が仕事を辞めたことを上司は知っている。しかし、その理由は知らない。上司に相談しても、「大変かもしれないけど、奥さんは家にいるのだから、子育ては奥さんに任せて、君は仕事に専念すればいい」そんな言葉をかけられそうだ。それに、そもそも上司とプライベートな話をする機会は、仕事が終わったあとに行く飲み屋ぐらいだった。それも、定時に仕事が終わるという前提が必要で、仕事が深夜に及ぶようではとてもできるものではなかった。職場にはぼくの相談相手はいなかった。

妻には心療内科を受診するよう勧めた。しかし、妻はかたくなに拒んだ。「精神科にはかかりたくない。子供たちに嫌な思いをさせたくないから……」と彼女は言った。ぼくたちの世代には、まだ、精神科はハードルが高かった。

一週間が過ぎた。学校も新学期が始まり、子供たちは学校に通うようになった。妻は、ぼくが出勤したあとに起きてきて、子供たちを学校に送り出すようにはなった。でも、日中は一人で寝室やリビングでぼーっとしているようだった。夕方、義母が夕食を持ってきてくれるまで、妻は灯りもつけず、一人この家にいる。子供たちと食事をするのは妻ではなく義母だった。

義母は、気分転換が必要だと言って、家に閉じこもったままの妻をあちこちに連れ出した。でも、そんな日は、妻はいつも以上に疲れているようだった。見かねて、義母に「あまり麻美さんを連れ出さない方がいいかと思うのですが」と言ったが、「暗いところにずっといたら、気持ちがどんどんふさいじゃうに決まっているでしょ。外に出て太陽の光を浴びれば気持ちもいいし、すぐによくなるはずよ」と小馬鹿にしたように言われた。「そんなことより、祐二さんももう少し早く帰ってきて、麻美や子供たちと一緒にいてあげてくれたらいいと思うけど……。何か早く帰れない理由があるのなら別だけどね」義母の言い方は何かを探っているかのようで嫌だったが、「そうですね、できるだけそうします」とだけ応えた。

妻の病状がよくなっているのかどうか、ぼくには分からなかった。妻は夜突然起きると、「ごめんなさい。ごめんなさい」と叫び出す。上司に怒られている夢でも見たのだろうか。初めのうちは、そんな妻の背中をさすり、「大丈夫だよ。心配することはないよ」と声をかけ続けた。そうしているうちに、妻は落ち着き、やがて寝息が聞こえてくる。でも、ぼくは目が冴えて眠れない。眠れないまま、空が白々とし、朝が訪れる。ぼくは疲れた体を引きずるようにしてベッドを出る。洗濯をし、子供たちの朝食を作り、子供たちを起こす。そして寝室にいる妻に「行ってくる」と、声をかけて出勤する。でも、妻の返事はない。背後に聞こえるのは玄関のドアが閉まる音だけだった。

　奈津実はまだよく分かっていないようだったが、知己は何か察しているようだった。そんな日が続くうちに、ぼくは妻の声を聞かない振りをするようになった。ベッドの横で妻はいつまでも謝り続けている。ぼくは布団で耳を塞ぐ。でも眠りはいつまで経ってもやってこない。

　いつしか、妻を疎ましく感じる自分がいた。

　もう、耐えられない――。

　別れることも考えた。そうすればお互い楽になるのではと思った。いや、少なくとも自分は楽になるはずだと。しかし、一方で、妻が本庁勤務を希望した時、もっと反対すればよかったと思う自分もいた。そうすれば、明るいままの妻でいたはずだ。でも、それでは妻の希望を叶えてやることはできなかった……。思考はいつも堂々巡りをする。

　一体、ぼくは妻に何をしてやることができたのだろうか？

　ぼくも心を病みかけていたのかもしれなかった。でも、仕事から閉め出された妻と違って、ぼくには「仕事」という逃げ場があった。

　結局、ぼくたちには、そのまま何もすることもなく、時を消費するしか手はなかった。

一か月が経ち、少しずつではあるが、妻は家のことをできるようになってきた。短く切った彼女の髪は、やがて肩まで、そして背中まで伸びた。

♡

目覚めると、体が重く、何もする気になれなかった。朝なのに起きることができない。疲れていても、こんなことは今までなかった。鉛でできた体。頭は動けと言っても、言うことを利かない手足。カーテン越しに朝日が差し込んでいる。まぶしかった。太陽を見たくない。そのまま、眠っていたい……。

一体、どうしてしまったのだろう。

気が付くと辺りは暗くなっていた。電気もつけない部屋で一人ベッドに横たわっている自分がいた。夫はまだ帰っていない。

子供たちは、どこ?

眠たい。でも、眠れない。眠りが浅く、すぐ目が覚める。目を閉じると、あいつの顔が浮かぶ。

——こんなこともできないのか。

私に向かってあいつが怒る。

――だから女は。

自分が責められている。私は叫ぶ。ごめんなさい。

――あんたが、子供が熱を出したと言って帰ったせいで、余分な仕事をしなければいけなくなったじゃないか。

誰かが私をなじる。

涙があふれてくる。ごめんなさい。

なんで、私ばかりいつも……。

――もっと早く帰れないの？　母親でしょ。

ごめんなさい。

誰か私を助けて……。

気が付くと、夫のあたたかい手が背中をさすってくれている。「大丈夫だよ」その声で安心する。私は浅い眠りに戻る。そして、私の嫌いな朝が来る。

退職の日から一か月が過ぎた頃には、少しではあるが家のことをできるようになった。朝、夫が出勤したあとに起き、子供たちを学校に送り出す。夫に言われたから、着替えと化粧だけはするようにした。ダイニングで夫が作ってくれた朝食を食べる。ペンギンの絵柄のマグカップでコーヒーを飲む。シンクにある食器を洗う。お昼になり、お腹が空けば冷蔵庫の中にある作り置きのものを食べる。お腹が空かなければ食べない。夫からは食事はきちんととるようにと言われているが、食べたくない時は食べることができない。一か月でかなり体重が減った。午後は、子供たちが帰ってくるまで、ダイニングかリビングでぼうっと過ごす。何も考えない。考えたくない。考えることがおっくうだ。毎日が同じことの繰り返し。それでも、時々自分がどこにいるのか分からなくなり、たまらなく不安になる。

夕方、母が食事を持ってやってくる。ほとんどが近くのスーパーで買った総菜だ。本当は、自分で作ってあげたかったが、とてもできそうになかった。一度、キッチンに立ったことがあったが、包丁を手にしたまま、どうしていいのか分からず立ち尽くしてしまった。夫からは危ないから、まだ料理はするなと言われている。母は子供たちと晩ご飯を食べると、さっさと帰っていく。「今日もありがとう」私がかける言葉に、母は返事を返さない。母が帰ったあと、知己と奈津実はテレビを見ているが、八時になると連れだってお風呂に入る。そのまま、歯磨きをして二階に上がっていく。「おやすみなさい」子供たちの声が聞こえるが、私は返事ができない。私は一人ダイニングで過ごす。やがて、夫が帰ってくる。「今日はどうだった?」決まって夫は聞く。「特に何も……」変化のない一日。夫に言うようなことは何も起きない。「そうか」夫がこぼす。

何が「そうか」なの……?

夫が冷蔵庫から母が買ってきた総菜を取り出し、レンジにかける。缶ビールを一本取り出し、プルトップを引く。軽い音がして泡が少しあふれる。

「晩飯まだだろ。一緒に食べないか」

「うん」

頷くが、箸を手にしたまま動けない。食欲がない。

「少しは食べるようにしよう」

「うん」

里芋の煮物を少しだけ口に運ぶ。おいしいとは思わない。でも、「おいしい」と言う。

「そうか、よかった」そこで会話が途切れる。私には、何がよかったのか分からない。沈黙の中で夫は食事を続ける。私も黙って箸を動かす。

夫が片付けをしている間に、私はお風呂に入る。鏡に映る自分の姿を見て、鏡の向こうにいる人が誰だか分からなくなる。精気のない顔。中途半端に伸びた髪。やせ細った体。

一体、この人は誰なのだろう……？

私は私の知らない人に問いかける。

あなたは誰？


母は週に一度は私を外に連れ出した。「気分転換しなくちゃね」私は外に出たくなかったが、母には逆らえなかった。外の日差しは私にはまぶしすぎた。何より、周りに知らない人がいることが嫌だった。人混み（ひとご）みの中にいると、動悸がし、冷や汗が出る。逃げ出して一人になりたかった。でも、母には言えない。外に出た日は、ひどく疲れた。そんな私のことなど気にせず、母は満足して帰っていく。だから、私は「ありがとう」と母に言う。ちっとも感謝なんかしていないのに……。

――頑張りなよ。こんなことたいしたことじゃないから。と母は言う。そう言われても、私には何を頑張ればいいのか分からない。仕事……？　家庭……？　私が頑張らなければいけないものなんて何もないような気がした。もう、頑張りたくない。なのに、母はどうして私に頑張れと言うのだろう。でも、母が頑張れと言うのだから、頑張らなきゃいけない。そう、私は頑張る。でも、何を……。いつまで経っても答えは出ない。答えを出せない。

「ただいま」奈津実の元気な声が玄関から聞こえる。「ママ、恵ちゃん家で遊んでくるね」玄関のドアが閉まる音がする。重い体を引きずるようにしてダイニングを出ると、玄関に奈津実の赤いランドセルがぽつんと落ちている。

ちゃんと部屋に置いてから遊びにいくように言っているのに……。

ランドセルを片付けようと一歩踏み出したところで立ち止まる。

どうすればいいんだろう？

玄関に置かれたままのランドセルを見て思う。奈津実が帰ってきたことは知っている。玄関にランドセルが置かれたままになっていることも分かる。でも、どうすればいいのかが分からない。

私は立ち尽くしたまま、ランドセルを見る。ぽつんと忘れたかのように置かれたランドセル。小学校に上がる前、ピンクがいいと駄々を言う奈津実をよそに、母が女の子は赤に決まっていると言って買ったランドセル。早生まれの小さな奈津実が背負うとランドセルばかりが目立った、その赤いランドセル。一年が経ち、奈津実は色のことを言わなくなった。周りの子たちはみんな同じ色のランドセルを背負って学校に通っている。

結果として母の判断は正しかったのかもしれない。でも、私は、奈津実が欲しいと言ったピンクのランドセルを買ってやりたかった。ピンクのランドセルを背負って学校に行く奈津実を見たかった。だけど、今、奈津実が使っているのは赤いランドセル。そのランドセルがぽつんと玄関に転がっている。

初夏の日差しがランドセルの赤を包んでいる。私はぼんやりと赤いランドセルを見つめる。そこに転がっているのはランドセルではなくて、自分ではないかと思う。忘れ去られ、誰からも気にかけられることのない私。頑張ることのできない私。

母の顔が浮かぶ。夫の顔が浮かぶ。〝彼〟の顔が浮かぶ。でも、みんなぼんやりとしていて、はっきりとは見えない。

ごめんなさい――。

しばらく奈津実は帰ってこないだろう。

死んでみようかな。

ふと思う。なんとなくそうしてみたかった。

楽になれるかな……。

そこで記憶が途切れる。

玄関のドアが開き、知己の「ただいま」の声が聞こえた。我に返る。首に白い紐がまとわりついている。紐の先をたどると、階段の手すりにかかっている。慌てて首の紐をはずす。目の前に、知己がびっくりした顔で立っていた。知己は見てはいけないものを見てしまったかのように、さっと視線をそらすと、何事もなかったかのように階段を上がっていった。残された私は、しばらく床に座り込んだまま立ち上がれなかった。涙が頬を伝う。

もう、二度とこんなことは考えない。そう決めた。

私には家族がいる——。

♣

お母さんが壊れた。

小学校二年生の春休み。今日からお母さんは仕事に行かない。ぼくはそのことがうれしかった。正直、お母さんには仕事に行ってほしくなかった。いつも家にいてほしかった。

香織ちゃんのお母さんはいつも家にいて、香織ちゃんのために、おやつにクッキーを焼いてくれる。香織ちゃんはいつも学校でそのことを自慢する。でも、誰も香織ちゃんのお母さんが焼いたクッキーを食べたことはない。「本当にそうなの」と良太くんが聞くと、香織ちゃんは口をとがらせて「本当だよ。わたしの言うことが信用できないの」と大人びた口調で応える。

お母さんもクッキーを焼いてくれるようになるのかな。バニラの香りがする甘いクッキーがいいな。想像するだけでお腹がいっぱいになりそうだった。

玄関のドアが閉まる音がした。カーテンの隙間から入る朝日で部屋は明るい。お父さんはいつものように会社に行ったんだ。でも、お父さんの「行ってきます」の声は聞こえたけど、お母さんの「いってらっしゃい」の声は聞こえなかった。

ぼくはベッドの中にいる。いつもだったら、そろそろ、お母さんの「知己、奈津実、朝だよ、起きなさいよ」という声がするのだけど、今日はいつまで経っても聞こえてこない。

春休みだからなのかな。

ぼくは、そのままもう少し眠ることにした。

次に目が覚めた時、二段ベッドの柵から奈津実が顔を出していた。

「お兄ちゃん、まだお母さん起きてこないの。奈津実、お腹が空いた」

壁にかかった時計を見る。短い針が八と九の間にある。いつもだったら、学校に行っている時間だ。だけど、今日は春休み。寝坊しても遅刻にはならない。

お母さんは今日も仕事に行ったのだろうか……？

お母さんが嘘をつくとは思えなかったけど、こんな時間になるまで起こしにきてくれないなんて……少し不安になる。

この前の金曜日、お母さんは「そうべつかい」に出かけた。「『そうべつかい』って何？」お父さんに聞くと、お母さんが仕事を辞めることをみんなが祝ってくれる集まりだと教えてくれた。仕事を辞めることを祝ってくれることがあるなんて、ぼくにはよく分からなかった。

ぼくと奈津実とお父さんは、近くの中華料理屋さんで晩ご飯を食べた。餃子に唐揚げ。ばあちゃんが作るのよりずっとおいしかった。奈津実は桃饅頭を二つも食べた。ぼくたちがご飯を食べている間、お父さんはビールを飲みながら、携帯電話をいじっていた。仕事の連絡でもしているのだろうか。お父さんは、いつも仕事、仕事と言って忙しそうだ。

ご飯を食べて、お父さんの車で家に帰ると、九時近くになっていた。お父さんがお酒を飲んだ時はいつもお母さんが運転していたけど、その日はお父さんが運転した。お酒を飲んだお父さんが運転しようとすると、お母さんは「飲酒運転はよくないよ」と言って車のキーを取り上げる。でも、そんなお母さんにお父さんは「大丈夫だよ」といつも言う。ぼくにはまだ、「いんしゅうんてん」がどうしていけないのかよく分からない。

家に着いた時には、奈津実は眠ってしまっていたし、ぼくもまぶたがとっても重かった。

「あれっ」玄関のドアを開けようとしてお父さんが言った。「麻美さん、帰っているみたいだ」

お父さんはお母さんのことを麻美さんと呼ぶ。お母さんはお父さんのことを祐二くんと呼んでいる。学校で友達にそのことを言うと、「知くん家って変わっているね」と言われた。香織ちゃんのところは、「パパ」と「ママ」と呼んでいるみたいだった。良太くんのところは「おい」と「あんた」だそうだ。どちらも、お父さんとお母さんには似合わないような気がする。

家の中は暗かった。本当にお母さんは帰ってきているのだろうか。お母さんが帰ってきているのなら電気はついているはずだから、泥棒でもいるんじゃないのかな。

お父さんは奈津実を抱っこしたまま、リビングに向かった。お父さんがリビングの電気をつける。部屋の中がぱっと明るくなった。お母さんがソファに横になっている。床にはくしゃくしゃの紙袋が落ちていた。紙袋の中にピンク色のものがちらりと見えた。

「随分早く終わったんだな、電気くらいつけたらどうだ」

お父さんが声をかけても、お母さんは起きなかった。お父さんが、奈津実と一緒にお風呂に入るようにと言ったので、ぼくはぐずる奈津実とお風呂に入った。眠くてしょうがない奈津実は、お風呂の中でこっくりしていて、顔を何度もお湯につけた。お風呂を出て、パジャマに着替えると、ぼくたちは歯磨きもせずにベッドに直行した。あとでお母さんに怒られるかなと思ったけど、ぼくは眠くてしょうがなかった。

日曜日、美容院から帰ったお母さんは短い髪に変わっていた。短い髪のお母さんを見るのは初めてだったけど、似合っているなと思った。奈津実は本当にお母さんなのだろうかという顔をしていた。ただ、お母さんを見るお父さんは少し寂しそうな顔をしていた。

ぼくは奈津実と一緒に階段を降りる。

「お母さん」

呼んでも応えはない。みんなでご飯を食べるテーブルには、お母さんがいつも使っているペンギンの絵が描かれたマグカップだけが置いてあった。

「お兄ちゃん、お腹空いた」奈津実がぼくの手を引っ張る。

ぼくはテーブルの横にあるワゴンから食パンを取ると、妹に渡した。「これしかないよ」奈津実が袋から食パンを取り出して食べ始めるのを見て、ぼくは二階に上がる。恐る恐るお父さんとお母さんの部屋のドアを開ける。朝なのに部屋の中は暗かった。カーテンは閉まったままだ。

誰もいないのかな?

部屋にそっと入る。ベッドにお母さんがいた。こちらに背中を向けて横になったままぴくりとも動かない。その姿を見て、ぼくはなんとなく怖くなった。何か見てはいけないものを見てしまったかのような気がした。「お母さん」と声をかけようとしたけど、声が出ない。

「お兄ちゃん、どこに行ったの」奈津実の声がする。とんとんと階段を上がってくる。ぼくは慌てて部屋を出ると、ドアを閉めた。バタンと大きな音がして、びっくりする。

「お兄ちゃん、こんなところにいたの？　お母さんはどこ？」

「まだ、寝ているみたい」

ドアを背にして言う。奈津実にお母さんの姿を見せてはいけないと思った。

「ふうーん」奈津実がドアの取手に手を伸ばそうとするので、ぼくは慌てて奈津実とドアの取手との間に入った。

「奈津実、歯磨きした？」

「まだだよ」

「だったら、歯磨きしよう。歯磨きが済んだら着替えて、一緒にゲームしよう」

去年の誕生日、プレゼントでゲームキューブを買ってもらった。ぼくと奈津実は、今、赤や青や黄色の不思議な生物を引き連れたキャプテン・オリマーと一緒に、三十日間の冒険の旅に出ていた。

「うん、分かった。奈津実、歯磨きする」

ぼくはほっと胸をなでおろした。

お母さんが起きてきたのは、お昼近くになってからだった。ぼくたちがリビングでゲームをしていると、お母さんがドアを開け入ってきた。お母さんは、なんだかとっても疲れているように見えた。

「お母さん大丈夫？」

　奈津実が聞く。

「大丈夫だよ」

　お母さんはそのままソファに座り込む。とても大丈夫そうには見えなかった。どこか体の具合が悪いのかな？　病気なのかな？　なんとなく不安になる。

「今日からお母さんはずっとお休みなんだよね」

　奈津実がコントローラーを置いてお母さんのところに行く。奈津実がお母さんの手に触れようとした時、お母さんの肩がびくっと動いたのが分かった。

「うん。そうだね」

　笑ってはいるものの、お母さんの笑顔はいつもとは違って見えた。

「どっか連れていってよ。奈津実、公園がいいな」

「ごめんね。お母さん調子よくないの。また今度じゃいけない？」

「嫌だ。今日連れてってよ」

　奈津実が駄々をこねる。お母さんは困った顔をしている。

「奈津実、お母さん疲れているみたいだから、今日はお兄ちゃんとゲームやってようよ」

「だって、全然クリアできないから、つまんないよ」

　テレビの画面を見ると、逃げ遅れた赤ピクミンたちがチャッピーに食べられている。その横でオリマーがどうしたらいいのか分からず右往左往している。

「奈津実、ごめんね」お母さんは立ち上がり、コードレスフォンを手にする。「お母さん？　麻美。悪いけど、今日、子供たちを見ていてもらえる？　うん、そうしてもらえると助かる。私……なんだか体がだるくて、何もしたくないの。ううん、熱はない。少し休めば治ると思う。祐二くん？　今日は仕事のはず。ごめんね、いつも」

どうも、ばあちゃん家に電話をしたみたいだった。

「知己、奈津実、おばあちゃんが迎えに来るから、今日はおばあちゃんのところで遊んでいて……」

奈津実は不満そうだった。顔がむくれている。

その日、ぼくたちはばあちゃん家に泊まることになった。夜遅くにお父さんからばあちゃんに電話があったみたいで、ばあちゃんが大きな声で何か言っているのが聞こえてきた。

春休みが終わって新学期が始まっても、お母さんの様子は変わらなかった。お父さんは今までより早く起きて、朝食を作ってくれるようになった。洗濯もお父さんの仕事になった。ぼくと奈津実はお父さんに起こされる。お父さんが会社に行ったあと、ぼくたちが朝ご飯を食べていると、ようやくお母さんが起きてくる。でも、お母さんは椅子に座ったまま何もしない。ぼくたちは、朝ご飯を食べ終わると、歯磨きをして学校に向かう。

「行ってきます」でも、お母さんの声は聞こえない。

「ただいま」玄関のドアを開けるとぼくは言う。でも、お母さんの返事はない。それでもぼくは家に帰ると「ただいま」と言う。いつか、お母さんは「お帰り」と言ってくれるようになる。それまでは、「ただいま」を言い続けたい。

晩ご飯はばあちゃんが作ってくれる。と言っても、スーパーで買ってきたものが多かった。ばあちゃんは料理があまり得意でない。ぼくは、お母さんが作ったものが食べたかった。お母さんが仕事で忙しい時は、ばあちゃん家で晩ご飯を食べたことがあったけど、そのうち、お母さんの帰りが早くなり、お母さんが晩ご飯を作ってくれるようになった。お母さんの作る料理はどれもこれもおいしかった。それが、あの日以来、お母さんはぼくたちに晩ご飯を作ってくれなくなった。代わりにばあちゃんが晩ご飯の当番になった。

ぼくはせっかく買ってきてくれたばあちゃんに悪いと思って、嫌いなものも残さず食べたが、奈津実は嫌いなものは平気で残した。ばあちゃんは、そんなぼくを「知己は奈津実と違って、なんでもよく食べるね」と褒めてくれたが、ぼくはあまりうれしくはなかった。「奈津実ちゃん、ほうれん草も食べないと大きくなれないよ」ばあちゃんは、奈津実に無理矢理食べさせようとするが、奈津実は口をつぐんだままいやいやする。そんな奈津実を見て、ばあちゃんはため息をつく。「誰に似たのやら」そっと言ったはずの言葉はぼくの耳に残った。

お父さんは仕事が忙しいみたいで、いつもぼくたちが寝てから帰ってきた。それでも、休みの日はぼくたちと遊んでくれる。お父さんの今の仕事は、「万博」ということをやる仕事だった。何年かしたら、大きな公園で「万博」が開かれると教えてくれた。

お父さんは、ある日大きな緑色と少し小さな黄緑色のもじゃもじゃしたものを見せてくれた。親子のようにも見えるし、兄弟のようにも見える不思議な生き物の姿をしたものだった。「万博のキャラクターだよ」とお父さんは言ったけど、ぼくにはそんなにかわいいとは思えなかった。でも、奈津実は気に入ったようで、「かわいい」を連発していた。早く、お母さんに元気になってほしかった。元気になっておやつにクッキーを焼いてほしかった。「万博」にもお父さんとお母さんと奈津実とぼくで行けたらいいなと思う。

その日、いつものように学校から帰ると、「ただいま」と奥に声をかけた。お母さんの声は今日も聞こえない。玄関に奈津実の赤いランドセルが転がっていた。靴がないので、きっと帰ってきてからすぐに友達のところに遊びに行ったのだろう。ぼくも、香織ちゃんと良太くんと遊ぶ約束をしていた。

階段を上がろうとしてお母さんがいるのに気が付いた。お母さんがびっくりした顔でぼくを見ている。見たことのないお母さんの顔。いつも優しくぼくを見ているお母さんとは違う顔。どこか別の人がそこにいた。でも、お母さんに違いない。見ると、お母さんの首には白い紐が巻かれていた。それは蛇のようにお母さんの首に巻き付いている。

見てはいけないものを見てしまった。そう思った。

ぼくはお母さんから目をそらす。

お母さんは慌てて紐をはずす。ぼくは黙ったまま階段を駆け上がった。涙が出てきた。部屋に入ってランドセルを乱暴に投げ捨てると、ベッドに横になり、布団を頭からかぶる。

怖くて体が震える。抑えようとしても震えが止まらない。
お母さんが壊れた。もう、元に戻らない。
目をつぶると、お母さんの首に巻き付く白い蛇が見えた。
その日、ぼくは香織ちゃん良太くんとの約束をすっぽかした。

♠

一年くらいした頃から、妻は徐々に自分から外に出るようになった。表情に明るさも戻り、ぼくたちの間に少しずつ会話が戻ってきた。ぼくが仕事から帰ると、妻は今日あったことをとつとつとではあるが語るようになった。それは子供たちのことであり、妻が感じたふとしたことでもあった。それをぼくは妻の元の自分に戻りたいという意志と受け取っていた。ぼくはそんな妻を見つめ、黙って話を聞いた。一方で、ぼくは仕事の話をしなくなった。それは、仕事を辞めてしまった妻に対する気遣いでもあったが、何より、ぼくが仕事のことを話すことで、妻が嫌な記憶をよみがえらせてしまうことが怖かったからだった。

博覧会の開始まであと一年を切り、ぼくの仕事はピークを迎えようとしていた。毎日が慌ただしく過ぎていく。できていないことが多く、やらなければいけないことが山積みとなっていた。この前いつ休んだのかが分からない。そんな日々が続いていた。妻はある程度家のことはできるようになり、朝もぼくと同じ時間に起きることができるようになっていた。食事の支度も自分でするようになった。義母の手を煩わせることはほとんどなくなった。ぼくと妻と子供たち、そんな家族の風景がもうすぐ元に戻る、そんな気がしていた。

班長が倒れたという報告をぼくは事務室で受けた。くも膜下出血だそうだ。すぐに救急搬送され、集中治療室で治療を受けているという情報が続いて入ってきた。今年度から長時間労働を制限する規定が通知され、残業時間が月四十五時間を超える場合には所属長が面談をし、健康管理を担当する部署に結果を報告しなければならなかった。さらにそれが何か月も続く場合には産業医の健康指導を受けなければならなくなった。でも、現場は急に残業時間を減らせと言われても対応できるはずはなかった。職員の意識にも長時間労働を是とするものがあった。だから、ぼくは、この上限が意味することをさほど重く受け止めてはいなかった。実際、産業医に呼び出されたこともあったが、仕事を理由に指導を受けなかった。自分は大丈夫、そんな根拠ない自信があった。

幸い班長は一命をとりとめたものの、後遺症が残り現場に復帰することはできなかった。総務担当の話では、労災と認定されそうとのことだったが、あれだけ働いても倒れてしまえばそれまでだという気がした。「結局、健康が第一だよね」周りではそんな言葉が囁かれていた。「過労死」がすぐ近くにいるような気がした。

三年目頃から、妻は近くでアルバイトをするようになった。しかし、どれも長くは続かない。「時々電池が切れたおもちゃのように、体が動かなくなるの」妻はそう言った。職場で何かあったのだろうと思うが、あえてそのことは聞かなかった。中には、妻には難しいかなと思う仕事もあったが、反対することなく妻の思うようにさせた。だから、初出勤日に帰ってくるなり辞めると言い出しても、何も言わなかった。仕事をしては辞める、その繰り返しが続いた。それでも妻の顔には昔のような笑顔が戻りつつあった。ぼくが話し、妻が笑う。妻が話し、ぼくが笑う。でも、ぼくが放った言葉は、時として妻を通り抜ける。「ごめん、ちゃんと聞いてなかった」ぼくは、もう一度話す。しかし、一度狂ったリズムは取り戻せない。リズム感のない会話が続き、どちらかが話すことに飽きてしまう。ぼくは、まだ以前の妻に戻っていないからだと思っていた。その時はまだ、少しずつ感じているものがずれていっていることに気が付いていなかった。

妻がかつて職場で一緒だった友人に勧められて、県の事務所で短期間のアルバイトができるようになるまで七年、非常勤職員として一年を通じて働けるようになるまでは、退職してから十年近くがかかっていた。

それから十二年、妻は元に戻ったと思っていた。

あの日、奈津実があんなことを言い出さなければ――。

♡

自分から外に出ることができるようになるまでに一年近くかかった。三年くらいしてアルバイトができるようになった。何かをしたいわけではなく、家にいることが嫌で、何か仕事がしたかった、それだけだった。でも、アルバイト先の上司や先輩から、ちょっとしたことで強く言われると心がひるんだ。アルバイト先の上司の顔が、あの時の小南課長の顔に重なる。そして、私は心を閉じて闇に逃げ込む。仕事に行けなくなり、仕事を辞める。その繰り返しが続いた。でも、そんな私に夫は何も言わなかった。私が仕事を辞めると言っても、新しい仕事をやりたいと言っても、夫は「麻美さんが決めたことだからいいと思うよ」とだけ言ってくれた。それはうれしくもあったけれど、うれしくなくもあった。結局、夫は何も変わっていないと思う。

私が病気になったことで、夫は炊事、洗濯、掃除と、率先して家事をするようになった。相変わらず仕事は忙しいはずなのに、休みの日だけでなく平日も時間があれば子供たちの相手をし、食事の後片付けも自分でやってくれる。休日はキッチンに立ち、私たちに料理を振る舞ってくれる。学生時代に自炊していたとかで、もともと料理に興味はあったようだ。最初は失敗もあったが、気が付けば料理の腕は私を超えるようになっていた。子供たちもそんな夫の料理を楽しみにしている。私も夫の作った料理が楽しみだった。なんでもしてくれる夫。優しい夫。私はそんな夫を最高の人と思う。その優しさに甘えすぎているとも思う。

周りから見ると、夫がなんでもしてくれる幸せな家庭なのだろう。でも、夫が家事をしてくれる……それだけで、幸せなのだろうか？　家事も育児も夫婦でするもの。妻がしてきた家事や育児を夫がやってくれる。それを幸せだと感じるのは妻だけではないのだろうか……。女性からすると「いい旦那さんをもって幸せだね」と言われるはずだ。男性からすると「大変だな」ということになる。以前は夫に家事や育児に参加してほしいと思っていた。でも、実際に、家事や育児をやっている夫を見ていると、立場が変わっただけのような気がする。

　私の病気が治るにつれ、夫との会話も戻ってきた。夫は労（いたわ）るように私に声をかけてくれる。私はそんな夫の期待に応えようと明るく返事をする。ただ、時として、投げた言葉が誰もいない空間で弾んでいるような空虚さを感じることがあった。言いたいことを思いつくままに言い、機械的に返事を返す。以前のような会話のリズム感はそこにはない。一方通行で、やりとりを楽しいと感じられるものではなかった。夫と同じものを見ていても、なんだか違うものを見ているような、そんな違和感を覚えるようになっていた。

　同期入庁の友人から電話があったのは、退職してから七年が経った時だった。私はもう四十となっていた。まだ、時々いいようもない不安に襲われることはあったものの、笑顔で一日を送れる日が着実に増えていた。

　先日、アメリカの証券会社が潰れたというニュースが流れた。「株が暴落している」と、今朝、夫が心配そうに言っていた。その夫は相変わらず忙しく働いている。三年前に担当するイベントを無事終わらせたあと、元の部署に戻り、今は人事を担当している。そろそろ昇任の時期が近いみたいだった。帰りは相変わらず遅く、生活のリズムは不規則だ。不摂生のせいか、肉がつき始めたお腹は成長する一方で、ここ数年、毎年ズボンを新調している。昨年度は、始まったばかりのメタボ健診で引っかかり、健康指導センターまで出かけていって、一日中運動と食事の指導を受けた。しかし、半年以上経ってもその成果は現れていない。恐らく、今年も健診で引っかかるだろう。

子供たちは二人とも中学生となり、心配の種は進路に変わっていた。親というものは勝手なもので、子供が生まれた時は丈夫に育ってくれればそれでいいと思っていても、小学生になれば、何かスポーツができないかとか、芸術面で才能があるのではと思うようになり、中学生になれば、勉強ができて少しでもいい高校、大学に入学できないかと思うようになる。

知己たちの世代は、「ゆとり世代」と言われている。その語源となったゆとり教育も見直され、数年後には新しい学習指導要領による教育が始まると言う。知己も奈津実もゆとり教育にどっぷりと浸かった世代だ。共通一次世代である自分たちが受けた教育に比べ、明らかに教科書は薄くなっていた。本人たちはなんとも感じてないだろうけど、親としては少し損をした気分になる。当人たちはと言うと、親の気持ちなどどこ吹く風といった感じで、勉強よりも部活動に精力を傾けている。知己は野球部でレギュラーとなり、最後の大会に向けて毎日練習に励んでいる。奈津実は水泳部でまあまあのタイムを出しているようだった。

年に一回の家族旅行に子供たちはまだつきあってくれる。私の病気がひどかった時はさすがに行けなかったが、ほぼ毎年出かけている。夫の運転で出かける一泊二日の旅行。計画を立てるのはいつも夫の役目で、今年は知己の大会が終わった頃を予定しているようだったが、まだ、どこに行くかは教えてもらっていない。ここ数年、私の思う行き先と夫が決める行き先が食い違っているので、今年は一緒だといいと思う。

仲のいい家族。そう、私たちはまだ家族だと思う。

――麻美、今何している？　どっかで働いている？

――時々、バイトしている程度。幸子(さちこ)は……？

――今は中央県民事務所。麻美と新採の時にいたところ。

組織再編があったようだった。事務所の名前は私が採用された時とは変わっていた。

――祐二くんは元気にやっている？

――相変わらず忙しく働いているよ。

――ちゃんと、祐二くんと話している？

――まあ、なんとか……。

――倦怠期(けんたいき)じゃないの？

――よく分かんないけど、違うと思う。

夫とは話をしている。ただ、夫は仕事の話をしなくなった。それは、今の夫の仕事が人事だからなのか、私が仕事を辞めたからなのかは分からない。確かなのは、そのことでわたしたちの間の話題が減ったこと。なんとなくする会話はつきあっていた頃の会話とも、結婚した頃の会話とも、私が仕事をしていた頃の会話とも全く違うものだった。

——なんだ、残念だな。

何が残念なのだろう。

——ねえ、覚えている？

——なんのこと……？

——祐二くんが新採の時、三人で花見に行ったじゃない。

そう言えば、幸子の提案で四月に、三人で高遠に桜を見に行ったことがある。幸子に誘われた時、夫はなんで自分に声がかかったのかよく分からないようだった。

——今だから言うけど、あの時、私、祐二くんをいいなと思っていたの。初めて見た時、なんとなくピンときたの。この人が私の運命の人じゃないかって……。

その話は初耳だった。でも、今にして思えば、思い当たる節もある。確か車を出したのは幸子で、助手席に座っていたのは夫だった。私はと言えば、楽しそうに話す前の二人をよそ目に、後部座席で車窓に流れていく風景を黙ったまま見ていたような気がする。二人きりで行くのに気が引けた幸子が、私をおまけにしただけ、そんなところだったのだろう。

——そうだったの？

て。

――うん。黙っていて、ごめんね。でも、祐二くんには何も言っていないから、安心して。

今更安心も何もないと思うが、鈍感なところがある夫が、当時、幸子の気持ちに気が付いていたとはとても思えない。

――いいよ。もう、時効。

――ありがとう。でもね、あの時、桜の写真を撮ろうとしたら……ちょうど、満開の桜の下に麻美と祐二くんがいたんだよね。麻美ったら、必死に笑いを堪えていて……その横で祐二くんがちょっと困ったような顔をして突っ立っているの。でも、その時の祐二くんの麻美を見る顔、なんとなく優しく見守っているって感じで、こりゃかなわないなと思ったの。でも、二人の表情がよかったから、そのままシャッター押しちゃったわけ。多分、祐二くんが変なこと言って、麻美が吹き出しそうになったと思うんだけど……。何言っていたのか、よく覚えてないんだよね……。二人ともカメラ目線でなくて、我ながらベストショットだったと思うの。自分としてはちょっと寂しかったけどね……。確か、その時の写真は祐二くんにあげたはずだから、まだ、どこかに残っているかもしれないよ……。ま、麻美にあげなかったのは、せめてもの私の意地だからね。

そんな写真があったなんて知らなかったし、夫からそんな写真があることなんて聞いたこともなかった。

――幸子の方はどうなったの？　例の彼氏とは？

幸子は、活発で明るい子だった。男の子からも人気があったと思う。でも、幸子が相手に選んだのは一回りも上の先輩だった。一時、一緒に暮らしているという噂が流れていた。

――麻美、いつのこと言っているの。そんなのとっくの昔に別れたわよ。所詮、祐二くんの穴埋めにならなかったから……。私はまだ独り者です。

――ごめん。知らなかった。

――いいのよ。もうこの歳だから、どうでもよくなってきているし。

あっけらかんと言われる。深刻さは感じられない。そう言っているけど、幸子なら、きっとまだ相手を見つけることができるだろう。

――ところで、お子さんは？

――中学三年と二年。

――なら大丈夫だよね。

――……。

――ごめん、うちでバイトを探しているんだ。これが今日電話した本題。どう、やってみない？

かつての職場なら、仕事を続けることはできるかもしれない。そんな気がした。

――私なんかでいいの。

――麻美なら大丈夫だよ。だって、ここでバリバリ仕事していたじゃない。

――そうかな……？

そんなに仕事をバリバリしていたという記憶はなかった。

——そう、私なんか全然かなわなかったんだから……。

そう言われて、少し、自信が湧いてきた。

——夫に相談してみる。

——いい返事待っています。

明るい友人の声に、なんだか気持ちが軽くなった。

その夜、夫に相談した。

「続けられそう？」

心配そうに夫が言う。そう言われると自信が揺らぐ。

「多分……前の職場だから……仕事もある程度分かっているし、幸子もいるから」

電話をかけてきた友人の名前を出す。その名前に夫は何の反応も示さない。少しほっとした。

「なら、いいじゃないかな」夫は笑顔で言う。夫が味方してくれている、それが私に何より力を与えてくれた。「麻美さんが決めたことだから」

その一言で、私の顔から表情が消えた。でも、夫はそのことに気付いていないだろう。

私はアルバイトとしてかつての職場に戻った。庁舎は建て替えられ、市内有数のビルとなっていた。

見知った顔、見知らぬ顔。かつての職場は優しく私を迎えてくれた。そこは、とても居心地のよい場所に感じられた。

ここでやり直していくんだ……。

新採の時と同じ席に座り、課長席を見る。眼鏡をかけた、いかにも仕事ができそうな女性が座っている。室内を見ると随分女性が増えているような気がした。窓際に近い席に座る女性も多くいる。私が勤めていた時とは明らかに時代が違っている。

「よろしくね」

幸子が声をかけてくる。彼女は副班長でグループのまとめ役だった。

「こちらこそ」

私は応える。ここでならやっていけそうだ。

三年後、幸子の勧めで県の非常勤職員として働くこととなった。

かつての私に戻った。そう思っていた。


夫と見ているものが違うのではないかとはっきり感じたのは、知己の大学進学の時だった。

東日本一帯で大きな震災があった年の四月、知己は高校三年生に進級した。県内有数の進学校に通う知己は、学年上位の成績で、私たちの自慢でもあった。私も夫も知己は地元の旧帝国大学に進学するものだと思っていたし、二年生の時の担任の先生も保護者面談で、合格間違いなしと太鼓判を押していた。その時は、知己もそのつもりでいるように思えた。

「大学だけど、東北大学を受験する」

知己がそう言った時、私は自分の息子の言っていることが理解できなかった。夫も戸惑った表情をしている。この子は、ずっと私のそばにいてくれる。それが当たり前のことと思っていた。

「どうしてだ？」

夫が聞く。

「やってみたいことがある。専門の先生がいて、その先生の下で勉強したいんだ」

「東北大学って……」

私が口を挟む。どうして知己は急にこんなことを言い出すのか、その理由が分からなかった。

「仙台だよ」

「まだ、危ないんじゃないの」

「それは、分からない。でも、やりたいことがあるんだ」

「私は……反対だわ。地元の大学で十分じゃないの？」

同意を求めるように夫に目をやる。夫は厳しい表情をしたまま、考え込んでいる。夫も長男は近くにいてほしいと思っているはずだ。確か以前、そんなことを言っていた。

「母さん、大学は学問をするところなんだよ。ブランドで選ぶんじゃないんだよ」

「そんなこと……分かっているけど……」

私にはそれ以上反論できない。夫はまだ何も言わない。

「知己、それでいいのだな」

しばらくして夫が言う。知己が頷く。

夫の顔をまじまじと見つめる。表情は厳しいままだ。どうして、そんなことを言うのだろうこの人は……。知己が志望校を変えた理由はそんなことじゃない。何か他の理由がある。そのことをちゃんと聞いてほしい。

「祐二くん、知己が志望校を変えた理由を――」

知己は私から視線をそらす。

私は家族と離ればなれになんてなりたくなかった。ずっとみんなで一緒に暮らしたかった。それが家族だと思っていた。でも、夫の考える家族は私の考える家族とは違うのかもしれない。そう感じた。

「分かった。知己が選んだのだから、好きなようにすればいい」

私はもう何も言えなかった。全身から力が抜けていく。夫は、私にだけでなく誰に対しても同じなのだと思う。相手が決めたことを尊重する。しかし、それが思考停止だということに夫は気が付いてない。だけど、夫はもう決めてしまった。私が何を言っても、知己が決めたことだからとしか夫は言わないだろう。知己の受験に私が口を挟む余地はなくなった。知己の今の成績なら、間違いなく合格するだろう。そうすれば、知己はこの家を出て行く。大学だけだ。大学の四年間だけ。卒業したらこっちに戻ってきて就職し、また家族になるんだ。そう、自分を納得させるしかなかった。

四年後、知己は仙台で就職した。大学進学以来、知己は帰ってきていない。

私は一人家族を失った。でも、夫はそうは思っていない。私が見ている世界と夫が見ている世界がどんどんずれていく。一緒だったと思っていたものが一緒ではない。そのことに私は気付き、もうどうしようもないという無力感を味わう。

そして、年が変わった二月――。

奈津実が妊娠を告げた時、夫は私の味方をしてくれなかった。私はまた、ひとりぼっちになった。

◇

わたしは、お父さんもママも好きではない。だからといって嫌いというわけではない。

大学三年の夏休みのある日、偶然、ママの携帯にその名前を見つけた。

「奈津実、ごめん、電話に出て。多分、お父さんからだから」

キッチンで夕食を作るママが、リビングでテレビを見ていた私に言う。テーブルの上では、ママのスマートフォンが「早く出てよ」と言わんばかりに呼び出し音を鳴らしている。

　画面には、「パパ」と表示されている。通話にスワイプする。

「麻美さん？」

「ううん。奈津実だよ。ママは料理中」

「声がそっくりだな」

　わたしは戸惑う。ママと声が似ていると言われたことはほとんどない。正直、そんなところ似たくはなかった。

「ママにごめんと言っておいてくれ。飲み会になった」

　電話の向こうが騒がしかった。もう、街にくりだしているようだ。

「分かった」

　そう言って、電話を切る。

「お父さん。飲み会だって」

「そうなんだ。早く言ってくれればいいのに」

　キッチンにいるママが不機嫌になるのが分かった。今日の夕食は手抜きになるな。ママはなんやかんや言ってもお父さんがいるといないとで料理の力の入れ方が違う。もっとも、お兄ちゃんがいた時は、お父さんよりもお兄ちゃん優先だった。結局、わたしはいつもどうでもいい存在。

　手の中にあるママのスマートフォン。ママは滅多なことでは他人に触らせない。いたずがあった。

ら心から電話帳をスクロールする。友達らしき人の名前が並ぶ中に、一つだけ異なる名前

——課長

他はすべて名前やあだ名なのに、これだけが明らかに異なる。

「ママ、この『課長』って誰？」

料理をしているママの動きが固まる。こちらを向いたママの顔が凍りついている。

「えっ。奈津実、何見ているの！」

「電話帳だよ」

知られたくない連絡先。ママの秘密を知ってしまった。見てしまったことを今更ながら後悔する。

「その人は、ママとパパの仲人をしてくれた人」

平静を装っているが、ママの声には動揺が交じっている。

「なこうどって何？」

「ママとパパを結びつけてくれた人」

「それって、マッチングアプリみたいなもの？」

「そうじゃないけど……ま、そんなところかな……そう、パパとママを結婚に導いてくれた大切な人」

そんな大切な人なら、なんで肩書きだけなのだろう。わたしには、ママがお父さんに言

えない何かを隠しているとしか思えなかった。

「そうなんだ」

「プライバシー侵害だよ」

ママが駆け寄ってきて、わたしからスマートフォンを取り上げる。ママはおどけて言ったが、目はとてもおどけているようには見えなかった。


わたしはお父さん子だとよく言われる。確かに小さい頃は、ママよりパパに懐いていたと思う。「大人になったらパパのお嫁さんになる」よくある台詞を、わたしも口にしていた。中学に上がる頃から、「パパ」から「お父さん」と呼ぶようになった。周りの子の中には「あの人」と呼ぶ子もいたが、わたしにはそこまで父親を毛嫌いする気持ちが理解できなかった。「パパ」では少し恥ずかしかったから「お父さん」としただけのことだった。

初めて「お父さん」と呼んだ時、少し恥ずかしかった。父は「奈津実も大人になったな」とだけ言って、いつものように頭をごしごしした。さすがに中学生になると髪型を気にする。頭ごしごしはそろそろやめてもらいたかった。でも、お父さんにそうしてもらうのは、なんとなくうれしかった。

わたしにとって、父親は異性であっても、恋愛対象ではなかった……はずだった。でも、本当はお父さんみたいな人を求めていたのかもと思う。

大学は三年から専門の研究室に割り振られる。わたしは運悪く、第三希望の研究室に割り振られた。

冴えない先生。それが彼の第一印象だった。やせ形の体型に皺だらけのスーツ。丸眼鏡にぼさぼさの髪。ポケットから煙草を取り出しては、「禁煙です」といつも注意される。年齢不詳ではあったが、大学のホームページにアップされたプロフィールによると、わたしより二回り上の四十代半ばだった。明らかに年齢より老けて見える。

研究室の新人歓迎コンパの日、アルバイトがあったわたしが会場の店に入った時には、既に宴会は始まっていた。遅れてきたわたしには、教授の隣の席しか残されていなかった。ちょっと残念な気持ちになる。盛り上がる学生たちの間で、彼は少し浮いているような感じがした。どうせなら、格好のいい先輩の横がよかったな……。

「浅野奈津実です。よろしくお願いします」

挨拶してから席に着く。

「浅野さんですね」よく響く声だった。「浅野さんは確か第三希望で、僕の研究室になったのでしたね」

いきなり、そんなことを言うんだ。わたしは幻滅した。

「よかったです」

「えっ？」

「第一希望の子にはよく、思っていたのと違うと言われます。だから、あんまり期待していない第三希望くらいの子の方が、僕の研究室には合うみたいです」

この人は一体何を言っているのだろう？　彼は謎の人物であった。

彼がコンパの席で言った言葉の意味は、五月の連休明け頃から分かるようになってきた。

彼の授業は面白かった。とつとつと話すけど、使っている言葉は難しくなく、耳に入ってくる。一方で、第一希望で入ってきた学生にはその内容が物足りなかったようで、授業の出席者は徐々に減っていった。

講義が終わったあとに、教壇へ質問をしに行くと、彼はわたしの質問に丁寧に答えてくれた。

「時間があるなら、研究室でも大丈夫ですよ」

ある日、次の講義が始まる時間まで質問をしていたわたしに向かって彼が言った。

やがて、わたしは彼の研究室に入り浸(びた)るようになった。

「奈津実って先生の研究室によく行っているようだけど、あんなのが好みなの？」

同級生によくからかわれた。彼女たちにとってわたしは、〝げてもの〟趣味なのだろう。大学にはもっとイケメンの男子がいるのに、いくら教授とはいってもあれはないよな。自分たちがつきあっている男の子の方がずっといいんだから。彼女たちの態度には、そんな優越感が見え隠れしていた。だから、自然と彼女たちとは距離を置くようになった。

彼がわたしの好みのタイプなのかどうかは分からない。でも、彼の研究室にいると妙に心が落ち着いた。壁一面に広がる書棚には専門書が並ぶ。堆く積まれた書類。紙とインクの匂いが充満した小さな部屋。彼は、その部屋でコーヒーを飲みながら煙草を吸う。本当は禁煙のはずなのだが、一向に構う気配はない。窓から煙草の煙が漏れて、大学の事務の人に怒られることはしょっちゅうだった。その時は謝るのだが、事務の人が出て行くと、すぐに煙草を取り出す。本当に懲り(こ)ない人だと思う。

「先生、煙草はここではやめた方がいいと思うのですが」ある日、わたしが彼にそう言うと、「どうして」と返ってきた。

「だって、ここで火事になったら、先生もわたしも逃げ切れませんよ」

「確かにそうだね。でも、僕はやめられないんだ。浅野さんは、もし、火事になったら僕と一緒に死んでくれるのかな」

彼はそう言ってにっこり笑う。いつの間にか、わたしはその笑顔の虜(とりこ)になっていた。

「それは嫌です」

わたしたちが研究室の外で会うようになるまで、それほど時間はかからなかった。

彼は優しかった。その優しさが自分だけに向けられたものだと思っていた。

彼が離婚調停中だということを知ったのは、四年生になってすぐのことだった。その時初めて彼に奥さんがいたことを知った。でも、わたしたちはもう、どうにもならないところにまできていた。

「子供ができたかもしれない」そう彼に告げた時、「一緒に暮らさないか」と彼は言った。迷いのない言葉、それがわたしを勇気付けた。たとえ嘘であってもいい、その時は幸せだった。


「子供ができたみたい」

休日の夕食後のひととき、リビングでくつろぐママの前で、わたしが口にした言葉は、平和な空間をあっという間に修羅の場へと変えた。ダイニングテーブルでパソコンを操作しているお父さんの手が止まる。

「誰の子なの？」

立ち直りはママの方が早い。穏やかに言うように努めているみたいだったが、表情は強張っている。お父さんは、黙ったまま、わたしとママの成り行きを見守っているだけだった。

「大学の先生」

「どうして――」

ママは、「そんな人と」と言いたいのだろう。会ったこともないのに……どうしてママはそんなことが言えるのだろうか。

いつもそうだった。ママは、わたしのやることなすことに反対する。お兄ちゃんがやることにはいつも賛成するのに……。

「いくつなの、その人」

「二回り上、四十五歳」

「奥さんがいるんじゃないの」

「いる。でも、離婚調停中。もうすぐ、離婚が成立する」

「あなたが……その、原因なの……？」

そんなことを母親に言われたくはなかった。

「違う」

きっぱり言う。

「なら、どういうこと？　どうしてそんな人と――」

ママがわたしを見つめる目は、冷たく、とても自分の子を見る目ではなかった。「こんな子に育てた覚えはない」そう言いたいに違いない。

「一緒に暮らそうと、彼は言ってくれたの」

「一緒に……暮らす？　結婚するってこと？」

「違う。一緒に暮らすだけ」

「結婚もせずに、どうしてそんなことができるの？　どうやって生活していくつもりなの？」

ママには理解できない。ママとわたしでは価値観が違う。法的な婚姻がすべてではない。でも、そんなことをママに言っても理解してくれそうにない。ダイニングにいるお父さんに視線を向ける。お父さんは椅子に座って固まったままだ。「なんとか言ってよ」そう思う。ママに内緒でお父さんに彼とのことを話した時、最初はびっくりしてたけど、最後はいつものように、「奈津実がいいようにすればいいよ」と言ってくれたのに、どうして黙っているの！　味方になってくれるんじゃないの。泣きたくなった。

誰もわたしを助けてくれない……。

「……」

「おかしいんじゃない。そんなこと理解できない」

ママは頭をかきむしる。そして、はっとして顔を上げる。

「病院には行ったの？」

「うん」

「お腹の子、何か月なの」

「五か月」

「……」

ママの表情がどんよりと沈む。ママは知っている。もう手遅れだということを。だから、これまでママだけには言わなかった。

「堕（おろ）しなさい！　今すぐ堕しなさい！　そんな子、絶対に認めない！」

ママは両手をテーブルに叩きつける。大きな音がした。こんな厳しいママの顔を見たことはなかった。見たくもなかった。

「嫌！　そんなことできっこない」

　わたしは拒絶する。そんなことはできるわけがない。したくもない。そもそも、わたしの体、ママの体じゃない。なぜママにそんなことを命令されなきゃいけないの。

「奈津実……」ようやくお父さんが口を開く。絞り出すようなかすれた声だった。「本当なのか？」

　お父さんがリビングに来て、ママの横に座る。わたしは二人を前にする。お父さんは一体どちらの味方なの？

「嘘じゃない」

「奈津実は、どうしたいんだ」

　お父さんがわたしに聞く。いつものお父さん。自分では決めずに、他人の意見を聞く振りをする。

「奈津実にそんなこと聞いてどうするのよ！」

　ママが金切り声を上げる。

「まず、奈津実の気持ちを聞いた方いいよ」

「だって、奈津実はまだ子供なのよ」

　うんざりした。ママは何かとわたしを子供扱いする。わたしはもう成人している。いい加減一人の大人として見てもらいたい。

「子供だとしても、意志はあるんだよ」

穏やかに言うお父さんを、ママが睨みつける。

「わたしは産むつもり」

「仕方ないよ。堕せば奈津実の体に影響は残ると思う。もしかすると二度と子供が産めなくなるかもしれない」

「どうして、そんな話になるの……。そもそも、どうやって生活していくつもりなの！」

「奈津実の決めたとおりにさせてやればいい。ぼくたちはそれを見守るしかないんだよ」

ママが泣き出した。お父さんがママの肩にそっと手を伸ばす。「いやっ」ママはその手を振り払った。「私は許さない！」

「やめないか」

立ち上がって、わたしに手を上げようとするママを、お父さんが止める。ママがお父さんを信じられないものを見るような目で見る。

「ママ、ママはいつもわたしのすることに反対した。ランドセル、わたしピンクがよかったのにママは、ばあちゃんが赤がいいと言っているからと言って赤にした。お兄ちゃんの友達の香織ちゃんがピンクのランドセルで、いつかわたしも同じランドセルで学校に行くんだと思っていたのに……。小学校の時、わたしは野球がやりたかった。でも、野球は男のやることだからといってピアノを習わされた。わたしは、お兄ちゃんと一緒に野球をやりたかった。だけど、ママがダメと言うから諦めた。大学の進学でもそう、わたしが行きたいと言った大学に、ママはことごとくけちを付けた。だから、仕方なく地元の大学に通うことにした。でも、そのおかげで、彼に出会うことができた。そのことは感謝している」

「……」

ママが力なくぐったりと座り込む。

「出て行く」

わたしは、立ち上がって部屋を出る。涙が止まらない。こんな形で家を出て行きたくなんかなかった。

「奈津実!」

追いかけてきたのは、お父さんの声だけだった。


彼と奥さんとの離婚が成立した日、わたしは初めて彼の奥さんと会った。すらりとした背の高い、きれいな人だった。彼がどうしてこの人と一緒になったのか、わたしにはよく分からない。それほど不釣り合いな二人だった。

「あなたが、あの人の今の彼女……?　あの人にこんな趣味があったなんてね……。あの人、優しい?」

「ええ」

「知っている?　あの人何もできない貧乏学生だったのよ。つきあい始めてすぐ、下宿の家賃が払えなくなったと言って、私のところに転がり込んできた。私だってまだ学生で、親からの仕送りとバイトでなんとか生活をしていたのにね。私は大学を卒業すると働き始めたけど、あの人はまだ学生で、私のアパートに居続けたの」

「……」

この人は何をわたしに言おうとしているのだろうか――。

「生活は苦しかったけど、楽しかった。幸せだと思っていた。彼の論文が高い評価をもらった時なんか、二人で朝まで飲み明かしたりもした。勉強しかできなくて、社会人としては欠けている部分が多い人。でも、優しい人。そう、あの人は誰にでも優しいのよ」

最後は苛立ちを含んだ声になっていた。わたしには分からない。他人に優しいことのどこがいけないのだろう。

「あなたはまだ分からないかもしれない。でも、そのうち分かると思う。誰にでも優しいということは誰かに優しいということではないということに――」

「誰かに優しい……？」

「そう、私はその誰かになりたかったの。初めはあの人の優しさが私だけに向けられたものだと思っていた。でも違った。あの人は誰かに優しいんじゃない、誰にでも優しいの。それが私には我慢できなくなった。なんとかしてあの人の誰かになろうとした、でも、なれなかった。だから、他の人に優しさを求めてしまった……」

「……」

「離婚を切り出したのは私の方なの。でも、浮気相手と一緒になりたくて離婚したかったわけじゃないの。あの人の誰かにはなれないと思ったからなの……だから、もうあの人と一緒にいることはできないと……」

「えっ」

わたしは、てっきり彼が浮気をした奥さんに対し離婚を切り出したとばかり思っていた。

「なのに、あの人、納得してくれなくて……慰謝料でもめていたんじゃないの。あの人が浮気をした私を許そうとしていたからなの。そんなの、私に耐えられるわけないじゃない。私はあの人を裏切ったの。それなのに……。私、今でもあの人のことが好き。でも、一緒にいることはできない。あの人の誰かではないから……おかしいでしょ」

「………」

「その子、あの人の子？」

わたしのお腹を見る彼女の目には寂しげな色があった。

「そうです」

「あの人、私との間には子供を作らなかったくせに……」

彼女はわたしのお腹を見ていた視線をはずす。まるで、見たくないものであるかのように――。

「作らなかった……？」

妻との間には子供がいなかった――。彼はわたしにそう言っていた。わたしは、どちらかに原因があって、作ろうとしてもできなかったと思い込んでいた。でも、作らなかったということになると、「いなかった」の意味が違ってくる。

「そう、二人の時間を大切にしたいとか言って……。ま、あの人は勉強に夢中だったし、私は毎日の生活費を稼ぐだけで精いっぱいで、とても子供を作るどころじゃなかったんだけどね……」

彼女はそれだけ言い残して、わたしの前を去っていった。

もしかしたら、彼女は彼の誰かだったのではないのか……。去っていく彼女の背中を見ながら、そんな思いにとらわれた。

令和四年十月

♠

電話はつながらず、メールは既読にすらならない。妻がいなくなった日、ぼくは仕事を休んだ。「体調が悪い」電話でそう伝えると部下は、「熱ですか？」と聞いてきた。

――いや、熱はない。感染症ではないと思う。ただ……。

――ただ……？

――いや、なんでもない。

妻がいなくなったから、なんてことは言えなかった。何かあったら携帯に連絡するよう指示して電話を切る。

九時になると、妻の職場に電話を入れた。今の職場は、ぼくたちが初めて出会った地方事務所だった。電話に出た女性は、「浅野さんでしたら、今日はお休みですよ」と告げた。

「それは……」

「昨日の帰りにそう言って、届けを出していきましたよ」

「そうですか……」

「どうかされたんですか？」

「いや、なんでもありません」

それ以上聞かれたくなくて、慌てて電話を切った。

妻は初めからいなくなるつもりだった？　どこへ……？

二階に上がり、妻のクローゼットを開く。鏡台のアクセサリーを見る。普段と何が違うのかは分からないが、何かを慌てて持ち出した形跡はなかった。小さい旅行鞄が一つなくなっているような気がするが、家を出て行ってしまうような様子は見受けられない。ちょっと出かけただけで、そのうち帰ってくるのだろう。

そんな気がする。でも、安心できない。

ぼくには妻がどこに行ったのか、さっぱり分からない。行き先を調べようにも、妻の友人の連絡先を知らない。

そのことがぼくをたまらなく不安にさせた。

妻の実家に連絡しようとしたが、スマートフォンの画面で電話番号を呼び出したところでやめた。「何があったの」と聞かれても、ぼくには答えが見つからなかった。一方的に質問攻めに合う自分を想像して、ぼくは通話ボタンを押せなかった。そもそも、実家に帰っているのなら、義母からすぐこちらに連絡が入るはずだった。

とりあえず、知己と奈津実にメールを送る。

――麻美さんがいなくなった。そっちに行っているか？

息子からはしばらくして、「うちには来てないよ」と返信があった。あっさりしたものだ。娘はシンガポールで暮らしており、時差の関係でまだ寝ている時間かもしれない。

一時間後、奈津実からメールが届いた。

――そう。こっちには絶対来ないと思うよ。そのうち帰ってくるんじゃない？　そんなに心配なら、警察に届けたら？

奈津実に返信しようとしてやめた。奈津実はまだ妻のことを許していない。奈津実にとって、妻の話題なんか聞きたくないはずだ。

ぼくに残された手段は、妻の帰りを待つことだけになった。

ダイニングの椅子に座り、ペンギンのマグカップを眺める。

奈津実が出て行ったあと、ぼくたちの生活は完全にすれ違うようになった。顔を合わせれば挨拶はする。だけど、会話があるわけではない。一緒に食事をすることもほとんどない。テレビを見て一緒に笑ったことなどいつのことだか覚えていない。寝室も今は別々だ。休日に一緒に出かけることはなくなった。リビングでテレビを見る妻、ダイニングでイヤホンをして音楽を聴きながらパソコン相手に仕事をするぼく。ぼくは朝早く出勤し、帰りは遅い。ぼくと妻との生活のリズムはずれ、同じ屋根の下にいても、顔を合わせる時間は限られている。それは夫婦ではなく、単なる同居人のようで、ぼくは妻との距離感をつかみかねていた。

妻がいなくなっても、何も変わらないはずだ。

そう思おうとした。でも、思えなかった。

思考が堂々巡りを始める。

いないんだ……。

妻がいないということが徐々にぼくの心を押し潰していく。

ぼくは大切なものを失ってしまったのではないだろうか。

妻の顔を思い出そうとしても思い出せない。いつも見ていたはずなのに、思い出せない。

アルバムがあったはずだ……。

ぼくは二階に上がり、押し入れからアルバムを引っ張り出す。フエルアルバム。ピンク色のアルバムを選んだのは妻だった。そこには、ぼくと妻と家族の思い出が貼り巡らされている。ページをめくる。セロファン越しの写真は色褪せていない。出会った頃の、笑顔の妻がそこにいる。野球のリーグ戦で優勝した時、選手全員で撮った写真だ。中央に座る山下課長の横に、白いワンピース姿の妻がいる。初戦で勝った縁かつぎで、試合の時、彼女はいつも白いワンピースを着てきた。その彼女の送り迎えは、いつしかぼくの役目となっていた。

アルバムをめくる。少し赤みがかかったピンク色の満開の桜の下に、口元を左手で隠しながら笑いを堪える妻がいる。妻の髪はまだ短く、小柄な体から堪えきれない笑みがあふれ出している。その横には、戸惑ったような、微笑んでいるような顔で彼女を見ているぼくの姿がある。こんな写真があったことすら忘れていた。いつ、どこで、誰が撮ったのか思い出せない。二人ともカメラ目線でないので、誰かがこっそりと撮ったものなのだろう。でも、そこには、ぼくの大好きな、妻の笑顔が閉じ込められている。

ページをめくる。どのページにも妻がいた。ショートカットだった彼女は、いつの間にか長い髪の恋人となり、母となっていた。いつの時代の彼女もくりくりとした瞳で、今のぼくを見つめている。

初めて会った時。デートに誘って断られた時。ペンギンの絵柄のマグカップを買った時。プロポーズの時。結婚式の朝。知己が生まれた時。奈津実が生まれた時。仕事に復帰した時。退職の時。奈津実が出て行った時。そして、昨夜――。

一緒に笑い、一緒に泣き、時には喧嘩をし、口を利かなかったこともあった。

笑った顔。泣いた顔。怒った顔――。

どの顔も好きだが、初めて会った時の笑顔、あのくりくりとした瞳が一番好きだった。

それと、妻の透明で澄んだ声。もう一度聞きたい――。

次から次へ浮かんでくる妻との思い出。

いつの間にか泣いていた。

ぼくは、そこに妻がいるということの大切さを忘れていた。当たり前の日常が突然切断された時、当たり前が当たり前であることの重大さに初めて気付く。ぼくはそのことを思い知らされた。どこでぼくと妻はずれてしまったのだろう。同じ風景を見ても違う風景を感じていた。もう、前の二人には戻れないのだろうか……。

ぼくの心は深く沈んでいく。

がらんどうの家での長い一日が始まった。それは、いつまで続くのか分からない時間だった。


翌朝、知己からの電話で目が覚めた。どうやらリビングのソファで寝てしまったようだ。テーブルの下にはアルバムが落ちている。

――母さん、帰ってきた？

――いや。多分、まだだ……。

リビングのカーテンは開けたままだ。容赦ない朝日が差し込んできている。家の中は相変わらずがらんどうで、物音一つしない。

――多分……？

知己の声がとがっている。

――ああ、誰もいないようだから……。

――父さん、こんなこと言うのもなんなのだけど、本当に母さんに帰ってきてほしいと思っているの？

――決まっているだろう。

とっさに、強く言い返す。

ぼくは、本当に妻の帰りを待っていたのだろうか……。

自問する。答えは見つからない。

――なら、いいんだけど。

そこまで言って知己は、しばらく考え込んだ。

――父さん、父さんって母さんに冷たいよね。

――冷たい……？

ぼくには息子の言っている意味が分からない。

――ぼくにはそう思えた。だって、父さん、いつも母さんの相談聞き流していたから……。

そんなことはない。そう反論したかった。

――いつも、「麻美さんの決めたことが一番だよ」って言っていたじゃない、あれって、ちゃんと聞いてないいってことでしょ。

衝撃を受けた。子供はそんなふうに自分のことを見ていたんだ。「そんなことはない」と言い返せない自分がもどかしかった。

——母さんは、父さんにちゃんと話を聞いてもらいたかったと思うよ。反対されてもよかったんじゃないのかな。迷っているんだから。全部自分で決めることはできないよ。家族は、仕事での上司と部下の関係とは違うんだよ。母さん、辛かったと思うよ。なんでも自分で決めなきゃいけなかったんだから……。

大人びたことを言いやがって、そう思った。でも、それが事実なのだろう。ゆとり世代と言われる知己だが、社会人になって七年、社会でいろんな経験を積んだのだろう。

——ま、母さんのこと、何か分かったら教えてね。

それだけ言って、知己からの電話は切れた。


夢を見た。ショートカットの妻が立っている。出会ったばかりの頃の妻なのか……退職したあとの妻なのか……。ぼくが手を伸ばそうとすると、妻は嫌々しながら後ずさりする。ぼくは追いかけようとするが、足が重くて動かない。

「待ってくれ——」

目が覚める。そこにはいつもと同じリビングの風景があった。

♣

高校二年の三月、ぼくはあの映像を見た。

水が、家を、車を、人々の生活を押し流していく。ごうごうという水の音に交じって、流されていく家がきしむ音がする。水がすべてをさらっていく。そんな感じがした。

あの日の記憶も流されてしまえばいい——。

四月、受験生になったぼくは、志望校を変更した。地元の国立大学に進学するものだと思っていた両親は、ぼくが東北大学を受けたいと告げた時、一様にびっくりした表情をした。母は不満そうだったが、父がそれを押しとどめた。「知己が選んだのだから、好きなようにすればいい」と。

その時のぼくにとって、理由なんてなんでもよかった。単に家を出たかっただけだった。あの日の記憶が残る家を早く出たかった。それだけだった。あの日見たことは父には話していない、母も父には話していないだろう。だから、父は母が死のうとしていたことを知らない。それは、ぼくと母だけに残された記憶だった。

大学の四年間は学業とボランティアに明け暮れた。そして、ぼくはそのまま仙台で就職した。地元に戻る気は最初からなかった。戻ってきてほしいという母の気持ちはなんとなく分かっていたが、それに応えるつもりはなかった。もう何年も実家に戻っていない。母てからはたまには顔を見せに帰っておいでと言われるが、なんやかんやと理由を付けて帰っていない。まだ小学生だったあの日の、驚いたような母の表情と、首に巻き付いた白い蛇のイメージがぼくの頭から離れない。家から離れれば記憶は薄れていくだろうと思ったが、それは間違いだったようだ。時々、あの時の光景を夢に見る。その頻度は年々増えていた。実家に帰ることが怖い。恐らく、もう実家には帰れないだろう。そう思っていた。

母が仕事に行かなくてよくなったはずの日、ぼくは暗い部屋の中でベッドに横たわったまま動かなくなった母を見た。その時からぼくにとって母は、それまでの母ではなくなった。母はいる。母の顔、母の声、それはそこにある。でも、ぼくの前にいるのはぼくの母ではない。何かが違う。でも、何が違うと聞かれても、説明することはできない。

母は少しずつ回復していたと思う。ぼくに優しい言葉をかけてくれる。ぼくを叱ってくれる。ぼくを褒めてくれる。それでも、昔の母とは何か違っていた。父と母、ぼくと奈津実、四人で楽しく暮らす家。父が笑い、母が笑う。ぼくが笑い、奈津実が笑う。それは、もう遠い記憶。そうなってしまったのは、ぼくが大人になったからなのか、父と母が老いたからなのかは分からない。

奈津実が家を出たことは、奈津実からのメールで知った。奈津実は小さい時から活発だったが、そこまでするとは予想もしていなかったので、その話を聞いた時はひどく驚いた。奈津実が家を出て行った時、両親がどんな対応をしたのか分からないが、その場に居合わせなかったことを幸いに思う。

今、実家には父と母だけが暮らしている。これからも二人で暮らすことになるのだろう。ぼくが生まれる前、父と母は二人きりで暮らしていた。だが、それがどんなものだったのか、ぼくには想像もできない。

ぼくには同居人がいる。そのことは父にも母にも言っていない。

——麻美さんがいなくなった。そっちに行っているか？

父からメールがあった日、ぼくは会社を休んでいた。前日少し飲み過ぎたようで、朝起きると頭が痛かった。職場に休みの連絡を入れたところに、父からメールがあった。

「誰から？」

ベッドの中から香織が聞いてくる。メールの着信音で起こしてしまったようだ。

「父親から」

「なんて？」

「母さんがいなくなったって。こっちに来てないか聞いてきた」

「家出？」

「分からない」

「どうするの？」

香織はベッドから出ると、床に散らばっている下着を身につけ始める。父に返信を打つ。

「とりあえず、こちらには来ていないと返信した」

「お母さん、こっちに来るの？」

「多分それはないと思う」

「ならよかった。わたし知己のお母さん苦手だから。なんだか暗そうで」

「それは……あの頃は、病気だったから」

「そうかな……」

服を着終えた香織はベッドサイドにある指輪を左手にはめる。

＊

ぼくが香織と再会したのは、三か月前だった。

香織とは小学校の同級生でよく遊んだ仲だった。ぼくたちの学年は一クラスしかなかったので、進級してもメンバーは変わらなかった。香織の父親は大手自動車メーカーに勤めていて、母親は専業主婦だったので、子供ながらにちょっと住む世界が違うのかなと思っていた。ちょっとすました感じがする香織は、クラスの男の子たちの人気の的だった。ぼくもその一人だったが、そんな香織が転校していったのは、小学校四年の秋だった。担任の先生はお父さんの仕事の都合と言っていたが、同級生の良太は親が離婚して母親について東京に行くことになったと言っていた。良太はその話を、八百屋をやっている親から聞いたそうだ。それほど広い町ではない。噂はあっという間に広がる。香織の母親が不倫していたという噂が、まことしやかに流れていた。しかし、当時小学生だったぼくには、「不倫」という言葉の意味は理解できなかった。

その日、駅前で配られていた百円割引の券を手に、弁当屋で唐揚げ弁当と特製のり弁当で迷っていると、いきなり声をかけられた。

「知己くん?」

振り返ると見知らぬ女性が立っている。女性の手にもぼくと同じ割引券が握られている。

「誰?」

「香織。覚えてない? 小学校の時一緒だった」

つんとすました女の子の顔が浮かんでくる。でも、目の前の女性とは一致しない。背中まで髪を伸ばしていた香織ちゃんと、目の前にいるショートボブの香織と名乗る女性がどうしても同一人物には思えなかった。

「ごめん、香織ちゃんのことは覚えているんだけど……」

「そんなに変わった?」

「別人にしか見えない」

「それはどういう意味で?」

「いや、なんて言ったらいいのか……」

「あの頃はかわいかったのに……」

「そんなことは……ない……かな」

「知己くんは相変わらずね」

何が相変わらずなのか分からなかった。ただ、話しているうちに彼女が香織ちゃんのような気がしてきた。容姿は変わっても、話し方に当時の雰囲気が残っている。

「で、何にするの？」

「えっ」

「弁当。私は特製のり弁にするけど、知己くんは？」

「ああ、弁当。ぼくも特製のり弁」

ぼくは昔から他人の意見に流されやすい。

「一緒だね」

そう言って、彼女はくすりと笑う。その笑顔は小学生の時のままだった。口元にやった彼女の左手の薬指に銀色の指輪が見える。

ぼくと香織は、近くの公園で買ったばかりの特製のり弁を広げた。彼女はこの近くのマンションに住んでいて、たまたま割引券があったので弁当を買いにきたと言う。ぼくたちは小学校の頃の話をし、楽しい時間を過ごして、ＬＩＮＥを交換して別れた。

香織からＬＩＮＥがあったのは、二日後の夜遅くだった。

——明日の昼、この前の公園で会える？

——大丈夫だけど。

——じゃあ、十二時に。待っています。弁当持参でお願いね。

これではまるで恋人同士の待ち合わせではないか。


翌日の昼、ぼくは早めに事務所を出ると、この前の弁当屋で唐揚げ弁当を買い、公園に向かった。香織は既に来ていて、ベンチに座っている。ぼくが隣に座り、弁当を広げると
「今日は唐揚げなんだ。また、一緒だね」と言って自分の弁当を見せる。

「ぼくにどんな話があるの？」

彼女の足元を見て言う。そこには特製のり弁の容器が入ったビニール袋が置いてある。

あの弁当屋は間違えがないように、あらかじめ弁当を入れるビニール袋に印を付けている。店の看板メニューは特製のり弁当と唐揚げ弁当で、客の大半はそのどちらかを買っていく。香織は唐揚げとのり弁を用意した上で、ぼくの弁当が入った袋を見て、それに合わせた弁当を見せたのだろう。

「ばれたかな」

ぼくの視線に気付き、彼女が照れくさそうに言う。

「うん。香織ちゃんにしては詰めが甘かったかな」

「やっぱり、知己くんは鋭いね。小学校の時から思っていたけど。そこが、良太くんとは違うんだよね」

「それって、褒め言葉かな」

「そうとってもらっていいよ。で、ここの唐揚げおいしいから、冷めないうちに食べて」

彼女はきっと弁当屋の常連なのだろう。唐揚げを口に入れる。確かにおいしい。

「いつから、ぼくのことに気が付いていたの」

「二週間くらい前かな。あの弁当屋さんで、外を通る知己くんを見かけて……近くにいるんだと思った」香織も唐揚げをぽんと口に入れる。「おいしい」

「すぐ分かったの」

「うん、すぐ分かった。知己くんは全然変わっていなかったから」

「そうなんだ……」

小学校の時から変わっていないと言われても、なんとなく微妙な感じがした。

「でも、声をかけた時、知己くんは私に気が付かなかった」

「ごめん」

「ううん、いいの。私、かなり変わったから……」

確かに今の香織には小学校の時の面影はほとんど残っていない。弁当屋で会った時に気が付かなかったくらいだから、ちょっとすれ違ったくらいでは気が付くことはないだろう。

「で、どうしてぼくに声をかけたの?」

「寂しかったから……」

思ってもみない返事が返ってくる。ぼくは箸を止めて、彼女に目をやる。

「何かあったの?」

香織の左手に視線をやる。

「大学を出てすぐ結婚したの。大学の先輩で、学生時代からつきあっていた人。ここには、あの人の転勤で先月から。知己くんは？」

「ぼくは大学がこっちだったから。卒業してそのまま就職した」

「へえ、大学こっちだったんだ。てっきり地元の大学に行くものだと思っていた」

「そんなふうに思われていたんだ」

「うん。お父さんもお母さんも県庁だったでしょ。だから、地元の大学に入って、そのまま地元で就職すると思っていた」

「親と自分は違うよ」

「そうだけどね……でも、そういうイメージがあったから」

親の職業で子供の将来のイメージができるんだ。

見上げると空はどんよりと曇っている。梅雨明けはまだのようだ。湿った空気が体にまとわりつく。雨が降り出すかもしれない。

「ごめんね、話がそれたね」

「いや、いい。香織ちゃんが話したくなったら話せばいい」

彼女は弁当を半分も食べていない。今日、ぼくを呼び出したのは何か話したいことがあってのことだろう。でも、いざとなって、話すべきかどうかを迷っているようだった。

ぽつん。

雨粒が落ちてきた。

「雨……」

そう思ったら、あっという間に本降りになった。ぼくたちは、慌てて弁当を持って近くにある四阿（あずまや）に避難した。

「降ってきちゃったね」

ハンカチで体を拭きながら香織が言う。ブラウスが雨に濡れて下着が透けて見える。ぼくは視線をそらす。ベンチに置き忘れられた特製のり弁が雨に打たれている。傘を持ってきていない。見ると香織も持っていない。このまま、雨がやむのを待つしかなかった。彼女もそのことに気付いたようだった。困ったような顔をしている。ぼくたちは四阿のベンチに座り、降り続ける雨を見つめていた。

「このまま、雨がやむのを待つしかないね」

「近くのコンビニで傘買ってこようか」

確かちょっと行ったところにコンビニがあったはずだ。

「いい。このまま、雨を見ている。知己くんは……仕事あるんでしょ」

昼休みが終わるまではまだ少し時間があった。その間に雨はやむだろうか？　傘を買いに行こうかどうか迷っていると、香織が話し始めた。

「私が転校したのは、パパとママが離婚したからなの」

「そのことなら知っている。良太から聞いた」

「そう……学校にはパパの仕事のためと話したとママが言っていたけど、やっぱり噂になっていたんだ。じゃあ、ママが浮気していたことも……」

　小さく頷く。

「それも知られていたんだ。よかった、あの町を出て行って。残っていたら生きていけなかったかもしれない」

　そうだろなと思う。さして広くない町で、噂を気にしながら生きていくことは決して簡単なことではないだろう。

「私、ママと一緒に東京に行ったの。もちろん、ママの浮気相手と一緒。離婚したあと、パパがどこに行ったのかは知らない。ママが浮気していると分かったら、さっさとパパは家を出て行った。あっさりしたものだったわ。朝、起きるといつもいるはずのパパがいなかったの。てっきり出張なのかと思った。で、ママにパパは出張なの？　と聞くと、ママは怒ったような顔をして、知らないとだけ言ったの。あとで聞いたら、前の日の夜、パパとママは大喧嘩をしたんだって。その日以来、一度もパパとは会っていない。パパが出て行って数日してから、郵便が届いたの。中から緑色の紙が出てきたから、どうも離婚届だったみたい。それからしばらくして、私は転校することになったってわけ」

　香織のママは、いつもおやつにクッキーを焼いてくれる優しい母親というイメージしかなかった。しかし、それは香織が言っていただけで、実際はどうだったかは分からない。もしかしたら、良太が疑っていたことが本当のことなのかもしれない。だけど、今更そんなことを聞いても仕方ないのだろう。

「東京で、ママはあの人と一緒に暮らし始めたの。もちろん私も一緒。というか、私はおまけみたいだった。あの人はママより三つ年下で、商社に勤めていた。たまたま、パパの会社との商談であの町に来ていて、パパが家に招待したみたい。パパ、少し変なところがあったから、よく、酔って仕事関係の人を家に連れくることがあったの。ママはいつも迷惑だからやめてとパパに言っていたけど、パパはちっともママの言うことを聞かなかった。でも、きっと今は、ママの言うことを聞いておけばよかったと思っているに違いない。あの時、あんな人を家に連れてこなければと後悔しているはずよ。あの人、ああ、ママの浮気相手ね、とは、だから、前に会ったことがあるはずだけど、全然記憶になかった。東京に行ったばかりの頃、あの人は優しかった。デパートでかわいい服も買ってくれたし、おいしいものもいっぱい食べさせてくれた。うれしかった。でもね、小学校四年生になって、突然、新しいパパですと言われてもね……」雨はまだ降り続いている。やむ気配はなさそうだ。「知己くん、時間大丈夫？　ごめんね勝手にわたしのことばかり話して」

「ちょっと、ごめん。会社に連絡するから」

今日の午後は特に予定はなかったが、連絡なしではあとで課長からお目玉をくらう。会社に電話を入れると、ラッキーなことに佐藤さんが出た。

「ああ、佐藤さん。浅野です。午後、特に予定なかったよね。得意先回って直帰するから。ごめんね、課長にうまいこと言っておいてね」

佐藤さんは、いつもぼくの無理なお願いを聞いてくれる。長く勤めていて、裏事情にも詳しいから、彼女に気に入られないと会社ではやっていけない。今のところ、ぼくは気に入られているみたいなので、この関係を維持していかなければいけなかった。彼女はこうした貸し借りに結構シビアだ。だから、また今度おいしいスイーツでも買ってあげなければいけないだろう。でも、佐藤さんがどう言おうと、課長はぼくのずるを分かっていて「全く、ゆとり世代は……」と思っているのだろう。

「知己くんってまじめな子だと思っていた」

隣で、香織がくすりと笑う。

「ゆとり世代だからね」

「私も一緒だよ」

そのあと、香織は東京での生活を話してくれた。新しい父親にはいつまで経っても馴染めなかったこと。歳の離れた弟が生まれたこと。両親の愛情が弟に移り、疎外感を味わうようになったこと。典型的な連れ子のストーリーのような生活だった。話ができすぎているような感じもした。中学に上がる頃から父親の視線を意識するようになり、父親の目を避けるようになったこと。母親にそのことを言っても相手にされなかったこと。一人暮らしがしたくて、高校から家を出て一人暮らしを始めたこと。

「香織ちゃんって、行動力があるんだ」

高校から家を出るなんてこと考えもしなかった。

「あのまま、あの家にいたら気が狂いそうだったから。でも、一人暮らしと言っても、家のすぐ近くのアパートだからね。さすがにママもそんなには甘くなかった。ちゃんと目の届くところに置いておきたかったみたい。それでも、精神的には楽になったと思った。大学は都内の私立大学。そこで夫と知り合った。夫は二つ上の先輩で、サークルのリーダーだったの……」

香織の話だと、彼女が一方的に熱を上げ、強引につきあうようになったらしい。二人の関係は彼が社会人になっても続き、香織の卒業を待って二人は結婚した。

「実は夫、私以外に好きな人がいるの。それも、私たちが結婚する前から」

香織の夫の想い人は、香織の入学と入れ違いに卒業した同じサークルの先輩の女性だった。彼女と香織の夫がつきあっていたことは、ごく一部の親しい友達しか知らなかった。彼女は就職が決まり札幌に赴任することが決まると、彼に別れ話を切り出した。遠距離恋愛はできないからと。彼は抵抗したようだが、ある日突然、彼女は連絡先も告げずに去っていった。携帯電話も替え、彼との間のすべての連絡手段を絶って。その隙間に入り込んだのが香織だった。そして、香織が彼女の存在を知ったのは、結婚式の二次会でのことだった。彼の親しい友人が思わず口を滑らした。それが、いかに残酷な言葉かも認識せずに……。さらに彼の就職先は、彼女が就職した会社だった——。

まるでテレビドラマのような展開に、聞いていたぼくはいささか驚いた。そんなことがあるのだろうか……。考えてみれば、ぼくと香織がここで今こうして話していることですら奇跡といえるかもしれなかった。

「でも、夫と彼女は別れたのだから……。私はそう思おうとしたの。でも……」

彼女が夫の前に現れたと言う。しかも同僚として。

さすがにそれはありえないだろう。

香織の横顔を見る。香織は雨を見つめたまま淡々と話し続けている。台詞を棒読みするような話しぶりに違和感を覚える。

どこから話がおかしくなったのだろうか？

「夫は彼女のところに走ったの」

「香織ちゃん」

ぼくが声をかけても、香織の目は前を向いたままだった。

「会社に不倫がばれて、夫はここに飛ばされたの」

「香織ちゃん」

香織に向き直り、両肩に手を置き強く言う。彼女の目はぼくを通り越して遠くを見ている。唇をかみしめている。彼女の頬を涙が伝わり落ちる。

その日から香織はぼくの部屋にいる。

香織には虚言癖があった。あの雨の日、公園の四阿で彼女が語った話は、ほとんどが作り話だった。香織の母親の不倫が原因で両親が離婚したことと、母親が香織を連れて東京に行ったことは事実だったが、そこから先は事実と大きく異なっていた。母親の不倫相手は商社に勤めていたのではなく、ＩＴ関係の会社の社員だった。香織の母親とはＳＮＳで知り合ったみたいだった。その相手は妻も子供もいて、当然、香織の母親と一緒になることはできなかった。やがて、香織たちは東京で食いあぶれ、仙台までやってきた。貧しいながらなんとか食いつないできたが、あの大震災で母親を亡くす。香織はその後、一人でアルバイトをしながら暮らしていた。そして弁当屋でぼくを見かけ、声をかけた。

これも香織からなんとか聞き出した話で、どこまでが本当のことなのか分からない。恐らくこの話にも偽りが含まれているはずだ。彼女は人生のどこかで、偽りの自分を作り出さなければやっていけない場面に遭遇したのだろう。事実なのは、今、ぼくが香織と暮らしていること。そして、香織は結婚していて夫が不倫していると思い込んでいることだけだった。

＊

「帰るの?」

香織に聞く。

「うん。夫が出張から帰ってくるから」

香織はぼくの部屋に入ると、必ず指輪をはずす。理由を聞くと、「夫に悪いから」と香織は応えた。

玄関のドアを開け、香織が出て行く。ぼくは黙ってその姿を見送る。香織が帰る部屋は、ここ以外どこにもない。

香織がかつて暮らしていた部屋はぼくが解約した。ゴミ屋敷のように物が散乱した部屋を片付けるために丸二日かかった。香織の妄想の中では、そこは幸せな夫婦が住む世界のはずだが、現実を見たぼくにはとてもそうは見えなかった。

夕方、香織は帰ってくる。どこをさまよっていたのかは分からない。でも毎日、決まった時間になると彼女は帰ってくる。ぼくが仕事でいない時は、合い鍵で中に入り、夕飯を作ってぼくを待っている。もちろん、指輪はベッドサイドのテーブルに置いてある。

「ただいま」

その日も、そう言って香織が帰ってきた。

「お帰り」

ぼくが応える。香織はいつものように指輪をはずすと、ベッドサイドのテーブルに置く。

「今日は、すき焼きだよ」

香織が買ってきた食材をテーブルに広げる。香織が買い物をして困らないように、財布にはいつも一定の金額が入れてある。香織は財布の中に支払いに必要なお金がなく、スーパーのレジで立ち往生したことがあった。要領の得ない話をする彼女は、万引きと間違えられ、店のバックヤードに連れていかれた。そしてＬＩＮＥからぼくが呼び出された。駆けつけたぼくは平謝りして、代金を立て替えた。その日から香織の財布には、ある程度のお金を入れるようにしている。

香織が買ってきた食材では、すき焼きはできそうになかった。何せ、肉がないのだ。

「お肉がないよ」

「えっ。ごめん、忘れたみたい」

「いいよ、冷蔵庫に豚肉の残りがあったはずだから」

「いつもごめんね。主婦として失格だよね」

香織が笑う。ぼくも笑った。そう主婦としては失格。でも妻としては合格なのかもしれない。いつしか、ぼくは香織と一緒にいることが当たり前と思うようになっていた。香織といる時間を当然のもののように感じている。

ぼくたちは食事をし、お酒を飲み、テレビを見る。そして風呂に入って、ベッドで一緒に眠る。

「ねえ知己。今日、公園で遊ぶ家族連れを見たの。平日なのに親子四人で遊んでいて。なんだか楽しそうで。それを見ていたら思い出したの、私、知己の家がうらやましかったんだって」

ベッドの中で香織が言う。

「ぼくの家が……だって、あの頃は父親も母親も働いていて、家族で遊んだ覚えはあまりないけど。それに、そのうち母親が病気になって――」

「ううん、お母さんが病気になる前だったと思う。土曜日か日曜日だったはずだけど、庭で遊ぶ知己と奈津実ちゃん、それを見ているお父さんとお母さん。なんだか、とっても幸せな家族に見えた。その日、パパはお休みだけどゴルフに出かけ、ママには人が来るから外で遊んでおいでと言われて……。お小遣いをもらって出たのはいいけど、どこに行っていいのか分からず、ぶらぶらしていたら、たまたま知己の家の前を通りかかって――」

「そんなこともあったんだ」

そう言えば天気のいい休日は、よく家族で遊んだり、ドライブに行ったりしたな。

「私ね、知己のことずっと好きだったんだよ。だから、転校なんかしたくなかった。でも、ママは許してくれなかった」

「香織……ありがとう」

「ごめんね……でも、これ、作り話じゃないの。本当のこと」

香織はベッドを出ると、テーブルの上の指輪を取り上げ、そのまま流しに向かう。カーテン越しに入る月明かりが彼女の後ろ姿をぼんやりと浮かび上がらせる。

からん。

何かが落ちる金属音がした。

香織が戻ってくる。ベッドに入る。頬には涙の跡がある。ぼくは彼女の頬をそっとぬぐう。

「もう、いらなくなったから……。知己だけ。私の嘘の話を最後まで聞いてくれたのは……。いつも私、ひとりぼっちで、だから勝手にお話を作っていたの。でも、みんな信じてくれなくて……。クッキーの話もそう。良太くんが本当なのと聞いてきた時、正直どきっとした。ママは料理が下手で、クッキーなんか焼いたことなかった。だから、ムキになったの。その頃からかな、平気で嘘の話をするようになったのは。でも、みんな、話の途中でおかしいと思うみたいで、『嘘でしょ』だとか、『話できすぎじゃない?』とか言い出すの。東京に行ってからは、少しは話がうまくなったけど、それでも、最後には『嘘っぽい』とよく言われた。でも、そうやって嘘の話で自分を守らないとやっていけなかったの。最初はパパやママのことが知られるのが怖かっただけなのかもしれない。私の家族は幸せな家族だと思い込みたかっただけなのかもしれない。そうしているうちに、だんだん自分をさらけだすことが怖くなったの。でも、嘘の話ばかりしていたら、どれが本当の話なのか分からなくなってきちゃって……。あの日、知己に会うことができてよかった。知己は、雨の中、公園で私の嘘の話を聞いてくれた。うれしかった。こうして知己と一緒に暮らすようになって、少しずつだけど自分が分かるようになってきた気がする。なんか自分を取り戻すといった感じ。で、さっき思い出したの、私は小さい時からずっと知己が好きだったということを。そうしたら、すっと、嘘の私がいなくなったの。きっかけは知己の家族のこと思い出したからかもしれないけど……」

ぼくはそっと香織を抱き寄せる。

ぼくも香織のことが好きだったんだ。

「ねえ、抱いてくれる?」

「………」

ぼくはゆっくりと首を振る。

「どうして、私が嫌いなの？」

「そんなことはないよ」

「じゃあ、どうして。会った時から毎日一緒にベッドに入っているのに、知己は一度も私を抱いてくれない」

「できないんだ……」そう、香織の前につきあった女の子たちも一緒だった。その時になると、ぼくは何もできなくなる。あの日の母の顔が、目の前の女の子の顔に重なってしまう。だから、どの子とも長くは続かなかった。「母の顔が……」声がかすれる。言葉が喉につかえているようで出てこない。

「お母さんの顔――」

香織にはマザコンと思われたかもしれない。

「母は自殺を図ったことがあって、ぼくはその場に居合わせたんだ。その時見た母の顔が忘れられないんだ。女の子を抱こうとするとその顔が重なるんだ。だから……できない……」

今まで誰にも言ったことがない言葉。言うことができなかった言葉。その言葉を初めて口にした。香織がぼくの頭を抱き寄せる。いつしかぼくは泣いていた。

「知己も大変だったんだ。でも、これからは私がいるから……苦しかったら、なんでも話して」

「香織も、苦しかったんだよな」

「うん」

ぼくたちは抱き合ったまま眠りに落ちた。

もうあの夢を見ることは恐らくないだろう。


翌朝、ぼくは父に電話をかけた。

――母さん、帰ってきた？

――いや。多分、まだだ……。

相変わらずだなと思う。父さんは母さんのことが分かっていない。

――多分……？

――ああ、誰もいないようだから……。

なんて父さんは暢気（のんき）なのだろうと思う。ぼくだったらもう少し慌てる。

――父さん、こんなこと言うのもなんなのだけど、本当にお母さんに帰ってきてほしいと思っているの？

――決まっているだろう。

本気の応えが返ってくる。母さんのことそれなりに心配はしているんだ。

――なら、いいんだけど。父さん、父さんって母さんに冷たいよね。

そっとボールを投げる。多分、父さんは気が付いていない。

――冷たい……？

――ぼくにはそう思えた。だって、父さん、いつも母さんの相談聞き流していたから……。いつも、「麻美さんの決めたことが一番だよ」って言っていたじゃない、あれって、ちゃんと聞いてないいってことでしょ。

父さんは応えない。思い当たる節があるのだろう。

――母さんは、父さんにちゃんと話を聞いてもらいたかったと思うよ。反対されてもよかったんじゃないのかな。迷っているんだから、自分では決められないよ。家族は仕事の上司と部下の関係とは違うんだよ。母さん辛かったと思うよ。なんでも自分で決めなきゃいけなかったから……。母さんのこと、何か分かったら教えてね。

それだけ言って、ぼくは電話を切った。これだけ言えば父さんも分かるだろう。父さんと母さんとはいつまでも仲良くしていてもらいたい。母さんはそのうち帰ってくる。ぼくはそう確信している。なんて言っても、今でも母さんは父さんのことを好きなんだから。

そのことを分かっていないのは父さんだけだ。

――母さん、父さんが心配しているよ。

送信ボタンを押す。

「ねえ、知己。今度の正月、久し振りに田舎に帰らない？」

キッチンから声がする。目玉焼きが焼けるおいしそうな音がする。

ぼくもそう思っていた。きっと母さんは香織を連れていくとびっくりするだろう。

――知己、元気にしているか？

――良太、久し振りだな。どうかした？

――ごめん、お前に言っとかなきゃいけないことを言い忘れていた。

――何？

――半年くらい前、香織ちゃんから連絡があって……。

――お前たち連絡とり合っていたの？

――いや、ネットで俺のブログを見たとか言って、香織ちゃんが連絡を入れてきたんだ。最初は、うさんくさいなと思ったけど、話を聞いていると、どうも本物みたいだったんで……。

――それで？

――知己の連絡先を知りたいと言ってきたから、お前の携帯の番号と住所を教えた。

――そう……やっぱり、奇跡なんてそう簡単には起きないんだよな。

――何か問題があった？

――いや。特に。

――勝手に教えて、ごめんな。香織ちゃんから連絡があったら、よろしく言っておいてくれないか。

——分かった。そうするよ。良太、ありがとう。

◇

わたしは、今、彼と一緒にシンガポールで暮らしている。二年前、彼はシンガポールにある大学から招聘（しょうへい）された。一緒に暮らしているが、婚姻届はまだ出していない。彼が出そうと言ってくれるのをわたしは待っている。でも、本当はそんなことどうでもいいと思っている。

わたしは待っている、わたしが彼の誰かになる日を……。

その日の朝、お父さんからメールが届いた。

——麻美さんがいなくなった。そっちに行っているか？

ママがここまで来るわけないのに……。お父さんったら相変わらずママの気持ちが分かっていないんだから……。そんなことだから、浮気されるんだよ。

あの時、スマホにあった連絡先。ママたちの仲人をしてくれた人だと言っていた人。ママがその人に特別な感情を持っていることは、あの時の反応からして間違いないと思う。恐らく、お父さんはそのことに気付いていない。でも、ママはお父さんを見捨てることはしないだろう。ママはお父さんのことが好きなはずだから……。わたしが「お父さん」と呼ぶ時のママがわたしを見る目、あれは間違いなく、恋のライバルを見る目だった。でもママ、わたしはママの恋のライバルになんてなれないよ。絶対、ママに勝てっこないから……だって、お父さんはいつもママばかり見ているもん。そんなこともママは分からないのかな。

――そう。こっちには絶対来ないと思うよ。そのうち帰ってくるんじゃない？　そんなに心配なら、警察に届けたら？

返信する。少し意地悪だったかなとも思う。でも、鈍感なお父さんにはこれくらいがいいのかなと思う。きっとママもそう思っているはずだ。

「奈津実、来月の名古屋での学会の時、ご両親に挨拶に行った方がいいかな」

「そうね……。あなたが、それでよければ、そうしようかな」

みのりがわたしたちを見て微笑んでいる。

彼は相変わらず、わたしに優しい。わたしは、それがわたしだけに向けられたものと思っている。

わたしはママを恨んではいない。わたしが熱を出した時、いつも隣にはママがいた。わたしがかけっこで一番になった時、一番喜んでくれたのはママだった。今でも覚えている。

でも――。

素直に謝れない自分も知っている。

ママ、ごめんね。

そう言うことができれば楽だけど。

あの日、取り乱したママを見て感じた価値観の違い。ママもきっとおばあちゃんとの間で感じたことがあるに違いないと思う。母親になってなんとなく分かるようになった。みのりも、将来、わたしに違和感を覚えることになるのだろう。「ママとわたしは違うんだから……」と。

わたしは、ママもお父さんも嫌いではない。本当は、——大好きだ。

——お父さんが心配しているよ。それと、ママごめんね。

迷った末に、送信ボタンを押した。

♡

通夜の翌日、私は車を西に走らせた。

昨夜、私を抱きしめてくれた夫は、そっと私のおでこにキスをしてくれた。でも、それだけだった。通夜の時に私を抱きしめたあたたかい小さな手、そのぬくもりは今でも身近に感じられる。それは、自分にとってとても大切なもので、失いたくないもの——。

昨夜、夫に求められていたら、がらんどうの私は応じていただろう。でも、夫はそうしなかった。夫のことは好きだ。一緒にいたいと思う。でも、同じ風景を見ていても、見ているものが少しずれている。そこが、埋められない……。

夫はいつも私のそばにいた。私のやることはなんでも許してくれた。私の意志を尊重してくれた。でも、夫はいつも私の味方をしてくれたわけではなかった。

公募に応募する時。パワハラにあった時、頼りにしたのは〝彼〟だった。夫が頼りにならないとは思わない。職場では頼りになる上司だと思う。でも、相談する前から夫の応えが分かる。だから、相談しなかった。話を聞いて、背中を押してくれる人、それが私には必要だった。だから、〝彼〟に頼ってしまった。

退職を決めた時、あこがれだけでは仕事はできないことを思い知らされた。今にして思えば、あの頃の私は、あこがれを本当の仕事と思い込んでいただけだった。だからパワハラに耐えられず、逃げ出した――。そして、退職祝いと言って〝彼〟を誘い出したあの日……。私の心は暗い闇に沈み込むこととなってしまった。

奈津実が出て行ったあと、二人きりになったリビングで、夫は私に「ふりだしに戻ったみたいだね」と言った。その時の私は、とてもそんな気にはなれなかった。子供たちのいない家庭なんて想像したこともなく、夫と結婚したばかりの頃に戻るなんて考えもしなかった。

ふりだしになんか戻れるわけがない……。

誰も、私の味方をしてくれない。心ががらんどうとなっていく――。

私の心はまた、暗く深い闇に沈みかけていた。

翌日、夫はいつものように出勤した。夫は、私の心がまた崩れ落ちそうになっていることに気付いていない。ダイニングの椅子に座り、リビングをぼんやりと眺める。そこに子供たちの姿はない。

私たちはもう家族ではない――。

がらんどうの家は、私には広すぎた。ダイニングテーブルには、朝食の跡が残されたままだった。

何もする気にはなれなかった。心が沈んでいく。

もう、あの暗闇は嫌だ。

私の心が叫ぶ。

助けてほしい――。

たまらなく〝彼〟の声が聞きたかった。暗い闇から助け出してほしかった。スマートフォンで彼の番号を呼び出す。発信ボタンを押そうとして、指がためらう。もう会わないつもりが、もう会えなくなってしまったあの日。

それでも、今は彼の声が聞きたかった。会って話を聞いてもらいたかった。

発信ボタンを押す。呼び出し音が続いたあと、応答がある。

――はい。

久し振りに聞いた声は、以前と全く変わっていなかった。七十四歳になっているはずだった。十五年の時を越えて耳に優しく飛び込んでくる。

——もしもし……。

——久し振りだね。

名乗らなくても私だということが分かるということは、携帯に私の名前が出たのだろう。それとも、私の声で分かったのだろうか？

——課長……ご無沙汰しています。

——いつ以来かな？

彼と話す時は、いつも同じ会話から始まる。

——退職祝いの日以来です。

苦い思い出が頭をよぎる。動き出す電車、ホームにたたずむ〝彼〟——。その光景は忘れようがない。

——ああ、あの日か……もう、何年になるのかな？

——十五年……になります。

——そんなになるんだな。時の過ぎるのは早いな。で、林さんはいくつになったの？

——課長、女性に年齢を聞くのは、セクハラですよ。

——そうか。昔は平気で聞いていたような気がするけど……。

——時代は変わるんですよ。ちなみに、私は四十八です。五十はもう目の前ですよ。

——そんな年齢になるのか……。四十八か……。

少し考え込んでいるようだった。私の年齢がどうかしたのだろうか？

——課長だって、もうそろそろ後期高齢者じゃないですか。

——そう言われればそうだな。で、今日はどうかしたのか？

——お会いできますか。

——いつも林さんは突然だな。で、明るい話題なのかな？

あの日の約束をまだ覚えているんだ。

——ちょっと、暗い話です。

——それは困ったな。

——でも、大丈夫です。私もそれなりに経験を重ねましたから……。

明るく装う。そうすることができる年齢になっていた。でも、十五年経って、気持ちの整理ができているかと言うと自信はなかった。

——それはお互い様だね。僕も歳をとったからね。

——今から、お伺いしたいのですが……。

——相変わらず強引だね。

それが、最後に会った日のことを言っていることは分かった。でも、あの日、強引に誘ったことを今は後悔していない。

——ま、今日は暇をしているから、大丈夫だよ。来てもらっても、男一人だから何も構うことはできないけどね。

　少し、間が開いたあと、彼は言った。


　彼の家を訪れた私は、奈津実のことを話した。私の思い。夫の娘に対する態度。そして、私の娘に対する嫉妬。話しているうちに、私は泣き出してしまっていた。そんな私に対し、彼は前と同じように何も言わず、最後まで話を聞いてくれた。

「やはり、明るい話題ではなかったね」

　聞き終わって彼がぽつんと言葉を置く。責めるような口調ではなかった。

「すみません……。約束が守れなくて……」

　私の頬を涙が伝う。彼は黙ったまま、何も言わない。

「浅野くんと君は……奈津実さんでしたか、娘さんを大切にしているんだね」

　私が落ち着くのを待って、彼が口にした。

「夫は――」

「奈津実さんを大切に思う、そのやり仕方が違うだけだと思う」

「……」

「でも奈津実さんは、浅野くんも君も好きじゃないかもしれない」

「どういうことですか」

「なんでも許してくれる父親、何についても反対する母親。どちらも極端すぎるからかな」

「極端すぎる……」

「そう、子供は時には反対され、時には許される……そう言うのがいいじゃないかなと思う。もっとも、子供のいない僕が言うのもなんなのだけど……」

分かったような、分からないような話だった。そんな器用なことができれば、親は苦労しない、そんな気がした。でも、話すことができたことで、気持ちはなんとなくすっきりした。

「そもそも、なぜ林さんはそんなに奈津実さんを支配したがるのかな」

「それは……」

その時になって初めて、母が私を支配しようとしていたように、私が奈津実を支配しようとしていたことに気が付いた。

自分がやられたのだから、やってもいいんだ。やらなきゃ損だ――。

結局、私もその呪縛にとらわれていた。

「そもそも、娘さんに嫉妬するなんてね」

最後に、彼はぽつんと言って微笑んだ。

そう、私は今でも夫のことが好きだ……。

ただ、その気持ちに自信が持てない。

奈津実が出て行ったあと、私は知己の部屋で眠ることにした。夫には、「祐二くんの帰りが遅いから」と言った。私の言葉に、いつものように夫は何も言わなかった。一人きりのベッドに横たわってもすぐに眠りが訪れるわけではなかった。左に感じていたぬくもりがない。そのことがいつも気になっていた。

それから五年、私は月に一回、彼の家を訪れ、三時間くらいたわいもない話をして過ごした。もっとも、以前のように一方的に私が話し、彼は黙って聞いているだけだった。採用されたばかりの頃の思い出。夫との出会い……私が過ごした人生を話すだけだったが、そんな時間が私の心のよりどころとなっていた。退職の日に感じたような一緒にいたいという気持ちはもう薄れている。心が通じ合う人と話さえできればそれでよい、それだけのことだった。この時間がある限り、もう、あの暗い闇に落ち込むことはないだろう。ただ、夫には私と〝彼〟との関係は理解できないだろう。それは夫には言えない秘密の時間だった。

寒い日にはこたつに入って、ミカンを食べながら話をした。春や秋の気候がいい日には、縁側に二人座って話をした。そんな時、彼は決まって座椅子に座って私の話を聞いていた。昔、見たことがある光景のように……。

そんな日常がいつまでも続くと思い込んでいた。

先週の水曜日が、私が生きている彼に会った最後の日になった。前月に会った時、帰り際に「来月は第一水曜日にしてくれないかな」と彼が告げた。「いいですよ」私は何も考えずに承諾したが、今にして思えば、彼がそのことを私に告げた意味を理解していなかった。

その日は話が弾んで、気が付くといつもより遅い時間になっていた。居間から見ると、縁側の向こうには夜の闇が迫っていて、西の方だけがぼんやりと明るい。

「もう、こんな時間……」

腕時計を見て言う。今日、夫は仕事の追い込みで、東京へ出張している。だから多少遅くなってもいいと思っていた。そんな気持ちがいつもより長居をすることにつながったのかもしれない。

「林さんは、浅野くんのことが好きなんだね」唐突に彼が言う。見ると、彼の顔にはうらやましそうな表情が浮かんでいる。「浅野くんに嫉妬するな……。浅野くんが新採で入ってきた時から、林さんはずっと彼ばかり見ていたから……」

課長席の横に座らされ、図星を指されて顔を赤くした自分の姿が思い出される。

「………」

「前に浅野くんとうまくやれてないようなこと言っていたけど、本当にそうなのかな？林さんの話を聞いている限り、僕にはそうは思えないけど」

「なんだか、同じものを見ていても夫は私と違うものを見ているんじゃないかと思うようになって……話をしていてもリズム感がなくなってしまって……。それに奈津実が出て行った時、夫は奈津実に味方して……私には味方してくれなくて。それ以来、挨拶程度しか話さなくなっています。正直、何を話していいのか分からない」

「でも、浅野くんは林さんが決めたことは許してくれたのだろう。奈津実さんが決めたことを許すのと一緒じゃないかな」

「そうですが……ただ、それは夫の逃げだと思うんです。相談しても、まず意見を聞いてくるし、私が自分の意見を言うと、そうすればいいと言うだけ。私の意見を尊重しているようでいて、聞き流しているように思えて……。結局、自分でなんでも決めなくてはいけないんです。それに、夫は私が失敗しても責めたりしない」

――残念だったね。夫はいつも少し寂しそうにその言葉を口にする。

「応援したかっただけじゃないのかな。せっかく林さんが決めたことなのだから、できる限り力になってやりたい、余計な口は挟みたくない。そんなところじゃないのかな。それと、もしかしたら浅野くんは林さんから、どうしたらいいのって相談されたかったかもしれない」

「………」

そうなのだろうか……よく分からなかった。

「林さんも、浅野くんに育児のことで無理は言わなかった、言えなかったのかな。それって、どうして？」

「彼の……夫の仕事が忙しそうで、とてもそれどころじゃないと思って……」

「そうだよね。君たちは、お互い相手のことを思いやりすぎているんじゃないかな？　まるで、つきあい始めたばかりのカップルみたいだな……だから言いたいことが言えない。許せないことがあっても、許してしまう。いいよ、いいよ、気にしてないからと言って……。相手に嫌われたくないからね。でも、それって、いいよと言っておきながら、結構気にしていたりするものだよね」

彼は小さく笑う。私は、そんなことはないと思うけど、否定できずにいる。

「それって疲れないかな。もっとも言いたいことを言い合っていたら、ぎすぎすするだろうし、喧嘩にもなるだろう。君たちは、許せないことを許しているうちに、自分の考えていることと相手の考えていることが違うことに気付いたんじゃないかな。さっき言っていた、同じものを見ていても感じ方が違うんじゃないかってやつ。でもね、考え方を変えれば、相手が見ているものを自分も見るようにすればいいんじゃないかな。ああ、この人は、いいよと言っているけど、本当は嫌なんだ。それを汲み取ってあげればいいだけだと思うんだ」

「…………」

そんな器用なことができるのだろうか。

「言わなければ分からない。それが今の風潮みたいだけど、言葉はやっぱり選ぶのが難しいよ。それに言葉にしなけりゃ分からないということは、お互い心が通じ合っていないからじゃないかな。コミュニケーションは言葉でとるものだと思われがちだけど、僕は言葉かなだけじゃないような気がしている。本当は、表情や仕草で分かり合えるのが一番じゃないかな」

私が夫に対して嫌だと思っていることを夫は理解しているのだろうか。そもそも、夫が私に対して嫌だと思っていることはなんなのだろう……。私が夫に嫌だと思うところがあるように、夫にも私に嫌だと思うところがある。でも、それが何なのか……分からない。

「でも、娘が出て行って、二人きりになると夫との距離感がつかめなくなって……」

「あの時と同じだね」

「あの時……？」

「僕が図星を指した時」

「………」

そう、あの時、私は祐二くんとの距離感がつかめずにいた。どう接していいのか分からなかった。「自分の気持ちは大切にするように。いいコンビだよな。君たち二人は。うまくいくように応援しているから――」その言葉がよみがえる。

あの時、私は自分の気持ちに素直になろうと思った。

どうしたらいいのか尋ねたかった。でも、それ以上、彼は何も言わなかった。私はあの時の小娘とは違う。どうしたらいいかぐらいは自分で見つけ出せる。

開いたガラス戸の間から夜の空気が入り込んでくる。少し肌寒い。

「寒くないですか。戸、閉めましょうか」

「そうだね、お願いします」

立ち上がって、ガラス戸を閉める。

「そう言えば、今年は、金木犀(きんもくせい)はまだだな」

ガラス戸を閉める際に見た、庭の金木犀を思い出す。まだ、花は咲いていなかった。今年は暑い日が続いたので、開花が遅れているのだろう。

「寒くなってきたから、もうそろそろだと思いますよ」

「あの木は、この家を建てた時に、聡子が好きだと言うから植えた木なんだ。ああ見えて聡子はわがままなところがある人でね。どうしてもと譲らないので、慌てて買ってきて植えたんだ……」

「大きくなりましたね……」

「そうだな。あまり手入れはしなかったけど、いつの間にか大きくなって……。でも、残念だな」

残念……？

私には、その時、彼が言った意味がよく分からなかった。見ると彼はガラス戸の向こうの金木犀を見つめたままだった。

「十月にもなると、日が暮れるのが早くなるね」

「そうですね」

「僕は、この時間が好きなんだよ」

「どうしてですか……」

「もうすぐ、夜が地上に降りてくるから……」

「夜が……地上に降りてくる……？」

「そう……」

そう言って、彼は微笑んだ。私はガラス戸の外を見る。うっすらとした光は感じられるが、夜の闇が広がっている。星も月も見えない。夜が始まろうとしている。

「夜はどこから来ると思う？」

突然問われ、私は戸惑う。

「太陽が沈んで、光が届かなくなるから……」

「理屈はそうなのだろうけど、聡子は、夜が空から地上に降りてくると言ったんだ。確かに西の空だけを見ていると、夜の闇が広がっていくのが、空から夜が地上に向けて降りてくるように見えるんだよね」

「それで、夜が地上に降りてくると……」

「そう。この風景を見ていると、そんな気がしないかな」

私は黙ったまま、ガラス戸の向こうに広がる夜を見つめた。

空から夜が降りてくる……そんな風景が広がっていた。

「夜が地上に降りてくるまでに、僕たちは何ができるのだろうね……」

どうして……。

彼はどうして亡くなったのか――。

彼は突然、何も告げずに、私の目の前からいなくなった。その理由をどうしても知りたかった。

朝、ベッドをそっと抜ける。いつものようにダイニングのテーブルにペンギンの絵柄のマグカップを並べる。その意味に夫は気付くだろうか……。

昨夜準備した荷物を車に積み込む。小さな旅行鞄一個分の荷物。それで足りるはずだった。

車を出す。昨夜、夫とともにした行程をたどる。高速道路に入った頃、助手席のスマートフォンが震えた。夫からの電話のようだったが、私は出ない。夫には悪いと思うが、しばらく自分だけの時間が欲しかった。

葬儀には参列しなかった。できなかった。昨日のように泣き崩れそうで……。だから、葬儀場を外から眺めていた。それでも悲しかった。寂しかった。涙が止まらなかった。

やがて、クラクションの音とともに霊柩車が出発する。私は両手を合わせて、黒い車を見送った。

郊外にある火葬場は静寂に包まれていた。高い煙突から出た煙が、青い空にたなびいている。私はしばらくその煙を見ていた。

空に上っていくんだ――。

「あなたでしたか、時々兄の家に車が停まっているのを見かけてはいました」葬儀の翌日の午後、私は彼の家で由美さんに、これまでの経緯を打ち明けた。昨日、火葬場のロビーでお話ししたいことがあるので、時間をくださいとお願いしていた。「近所の人が、女の人が来ているみたいと言っていたから、てっきり兄が勝手にペルパーさんでも頼んだのかなと思っていたんです」

居間に飾られた小さな祭壇、その前のテーブルで私たちは話している。開け放たれた障子ふすまの向こうに、私と彼がいた縁側が見える。出された湯飲みをそっと両手で包む。あたたかさが手のひらを通じて伝わってくる。

「すみません。勝手なことをして」

「いや、気になさらずに。おかげで兄も元気を取り戻したようだったので……」

「元気を……？　どこか悪かったのですか」

「ええ、心臓を。それに、少し認知症が……」

私と話している時の彼にそんな症状は微塵も見られなかった。私の前にはいつも昔と同じ彼がいた。

「ある時、兄が『今日、聡子と話した』と言うんです。『そんなことあるわけないでしょ。夢でも見ていたんじゃない？』とその時は言ったけど、今の話を聞くと、あなたと話していたのを勘違いしたのかもしれないわね」

　私と奥さんを間違えていた――。

「それで、課長はどうして……？」

「ええ」彼女は少し言いづらそうだったが、「どうも飲む薬の量を間違えたみたい」と続けた。

「薬の量を……」

「そう、いつもの倍以上飲んで。座椅子に座ったまま、眠るように……」

　彼女は縁側に目をやる。座椅子はそのままになっている。まるで、そこに彼がいるかのように。彼はそこに座り、よく私の話を聞いていた。ガラス戸を通じて秋の明るい日差しが入り込んでくる。庭の金木犀は金色の花を咲かせている。ガラス戸を通じて、香りが漂ってきそうだ。

「金木犀、咲いていますね」

「そうね。兄は金木犀の香りが好きだったみたい。この家を建てた時に、庭にいの一番で金木犀を植えていたから……」

　その理由を知っている。奥さんが好きな木だったから――。

「そうなのですか……」

　最後に会った日の彼の言葉を思い出す。「残念です」それは、最後に金木犀の香りを味わうことができなかったという意味なのだろうか……。

「そうそう」彼女は腰を上げると、タンスの上に置かれた封筒を手にする。「兄が亡くなった日、居間のテーブルの上にこの手紙が置いてあったの」

――林麻美さんへ

几帳面な字でそう書かれている白い封筒。開けると、中には便せんが入っている。

「林さんって？」

「私の旧姓です」

「よかった。誰宛なのか分からなくて……」

「読んでもいいですか？」

「どうぞ、あなた宛のものだから。私は中を見ていないから」

林麻美さんへ

僕は後悔しています。

君の力になれなかったことを。あの日、あの言葉を言ってしまったことを。

僕と聡子の間には、子供がいませんでした。だから課長として最初に赴任した事務所で、新採の君を見た時、「こんな娘がいたらな」と思ったのかもしれません。

それ以上に印象に残ったのが、君の誕生日です。

聡子と一緒でした。

聡子は、何がおかしいのか、いつも笑いながらしゃべる人でした。辛い話も、悲しい話もみんな笑いながらしゃべるんです。そんな彼女を見つめているだけで、なんとなく幸せな気分になれたものです。

君が浅野くんと話しているのを見ていると、なんとなく聡子に似ていると思う時がありました。

君と浅野くんが結婚すると言って、僕に仲人を頼んできた時、うれしくもありました。ただ、その頃、聡子の体調が思わしくなかったこともあって、引き受けることを躊躇していました。

君たちが挨拶に来たあと、聡子は、「麻美さん、あんな子が娘だったらよかったね」と言いました。

「仲人をすれば、娘同然じゃないかな」僕がそう返すと、「そうね」と聡子は微笑みました。

聡子は長い髪が自慢でした。つきあっていた頃の彼女の長い髪を僕はいつもまぶしく見つめていました。でも、手術のために入院することになった時、聡子はばっさりと髪を切ってしまいました。

「切ってみると、さっぱりするね」

そう、涙ながらに言った聡子の顔が忘れられません。今にして思えば、君と会った時、聡子は君に昔の自分の姿を重ねたのかもしれません。だから、君に僕のことを頼んだのでしょう。

僕自身も、血のつながらない父親と娘、そんな目で君を見ていました。

それが、あの日、まとめていた髪をほどいた君を見た時、そこに聡子を見てしまった。

聡子がそこにいると……。

ずるいと自分でも思いました。そんなことを君に言ったら……。

その後のことは……君に辛い思いをさせるだけの結果になってしまいました。

もう、君と会うことはないと思っていました。

君からまた電話があった時、会おうかどうか迷いました。

でも、電話で話をしているうちに、僕が君と初めて会った時の聡子の年齢が、君の年齢と一緒だということが分かったのです。

もう一度、ふりだしに戻って、あの時から聡子との時間をやり直してみよう。

勝手な僕の思いです。

月一回、君と会って話をする。それは楽しい時間でした。離れたところに暮らす娘が一人暮らしの父親に会いに来る。

でも、僕は君に聡子を重ねていました。父親と娘との会話は夫と妻との会話だったんです。

やっぱり、ずるいな――。

今年、君は聡子が亡くなった年齢になりました。もうすぐ聡子の命日です。

ようやく聡子に会いに行くことができそうです。

追伸
金木犀を頼みます。

私は手紙を封筒に戻すと、〝彼〟の遺影の前に置いた。私宛のものであっても、私に宛てたものではない。これは、聡子さんへのラブレターだった。

ずるいな……。

遺影の横には聡子さんの遺影が置かれている。そこには、同じ日付が記されていた。


「この家、どうされるのですか？」

由美さんに尋ねる。

「そうね……建ててからかなり経っているから、売るのは難しいかもね。かといって、このまま放っておくのもね……」

「貸してもらうことはできますか？」

思わず口にしていた。彼が奥さんと過ごした家が壊されるのは嫌だった。何よりあの金木犀がなくなるのは、二人が望まないことだと思う。

「そうしてもらえるのなら助かるのだけど……」

「ありがとうございます」

私は縁側に目をやる。そこにいるはずの二人の姿を思い浮かべながら……。

祐二くん、やっと縁側を見つけたよ。


屋上に続くドアを開ける。

ひんやりとした空気が押し寄せてくる。

夜の帳が沈みきった太陽の光を押し潰していく。

もうすぐ、夜が地上に降りてくる。

この街で一番高いビルの屋上から見る世界は、広くどこまでも続いているようだ。

三百六十度の地平が自分の周りを取り巻く。夜が始まる前の街の喧騒が遠い。

スマートフォンを取り出し、〝彼〟の番号を呼び出す。

指が画面の上でためらう。

ゆっくりとボタンを押す。

夕闇の中、呼び出し音が響く。

まだ、つながっている。

でも、どこにつながっているのか分からない。

西の地平の光が弱まる。太陽はもう見えない。

空には星が瞬いている。でも、月はまだ見えない。

太陽も月もない世界に自分はいる。

呼び出し音が続く。

出てくれない。

苛立ちを感じる。

もう、誰も出ることがないということを理解することが怖かった。

ゆっくりと、切断ボタンに指を滑らせる。

ぷつりと音が途切れる。音のない世界がやってくる。

――課長
画面には彼の番号が表示されたままだった。

この番号を削除しない。それは永遠に彼につながるもの。

でも……。

夫の困った顔が浮かぶ。

夫から鬼のようにメールが送られてきていた。それをすべて既読にした。でも、返信はしない。もう少し心配させてもいい。

夫からのメールに交じり、子供たち――知己と奈津実からのメールもあった。さっと目を通すとアーカイブする。

スマートフォンをしまう。ポケットから淡いピンク色のシュシュを取り出すと、髪をまとめる。あの日以来一度も使ったことはなかったシュシュ。今の自分には似合わなくなってしまった贈り物。それは決して夫には言えない秘密。そして、それをこれからも抱えていく。

もうすぐ夜が地上に降りてくる。夜が世界を覆い尽くすまで、もうそれほど時間は残されていない。でも、それまでにすることがある。夜の闇に閉ざされるまでの時間に、まだやらなければいけないことがある。

ゆっくりと階段に続くドアに向かう。

ドアを開け、その先に続く階段に一歩踏み出す。

ふりだしに戻るのも悪くないかな……。

そのことを教えてくれた〝彼〟はもういない——。

♠ ♡

三日目の朝、麻美は何事もなかったように帰ってきた。

「ただいま」

玄関のドアが開く音がして、続いて麻美の声が聞こえる。澄んだ透明な声が室内に響き渡る。祐二はリビングのソファから起き上がろうとするが、体がぎしぎしと音をたてて動かない。節々が痛い。

今日は何日？

麻美がいなくなってから、祐二は日付の感覚がなくなっていた。

「何よ、祐二くん、そんなところで寝て」

祐二が見上げると、白いワンピースを着た麻美が立っている。

「髭ぐらい剃ったら」と祐二のまだらになっている髭を見て麻美は言った。「ほうっておくと、すぐだらしなくなるんだから」

怒られたと思った祐二は困った顔をしている。でも、祐二を見る麻美のくりくりとした瞳は笑っている。

「急にいなくなって心配したじゃないか。どこにいるかぐらいは連絡してほしかったな」

(連絡しなかったのは悪かったかな)

「でも、私はいつも一人きりで祐二くんを待っていたんだから……。たまには祐二くんにも寂しい思いをしてもらいたいな」

「寂しかった」祐二が応える。祐二は麻美がいなかった二日間を振り返る。いなくなって自分には麻美が必要だということに気づかされた。「でも、二度と、こんな思いはしたくないな」

(寂しい思いをさせたみたい)と麻美は祐二のやつれた顔を見て思う。

「ごめんね。これからは、ずっと一緒にいるから」

「どこに――」祐二はそこまで言ってやめる。

麻美は微笑んだままで応えない。祐二が何か言おうとする。

「墓場まで持って行く思い出」麻美が言葉をそっと重ねる。

「お墓はぼくと一緒だよね」祐二が言いすがる。

「今のところはね。でも、あんな狭いところにずっと祐二くんと一緒にいるのはごめんかな」麻美がはぐらかす。

「冗談だよね」祐二は困惑する。

「冗談かな……?」麻美がもったいぶる。「ま、冗談にしておきます」

「まだ、その服、着られるんだ」祐二は麻美のワンピースを見る。「あれは野球の試合の時だったっけ」祐二は、初めて麻美のワンピース姿を見た日に思いをはせる。

「そう、祐二くんに笑われた」麻美は恥ずかしい思い出をよみがえらせる。

「笑っていないよ。びっくりしたんだ」祐二は、その時を思い出してどぎまぎする「あまりにかわいくて」

「中田主査に、馬子にも衣装って言われた」その時言われた言葉。本当は着ていくつもりのなかったワンピース。麻美は誤って洗濯をしてしまった母に感謝する。「着ていったのは偶然だったんだからね」

「馬子にも衣装。確かにそうだね」祐二が笑う。

「どこが……」麻美はふくれる。「もともと畑はいいんだから」

「でも、変わらないな……」祐二は、母親になってもスタイルが変わらない妻が誇らしかった。「太っていない」

「失礼ね」麻美は微笑む。「そんな言い方はないでしょ」

「ごめん」祐二が謝る。「セクハラだな」

「もう少し痩せてよね」麻美は祐二のだぶついた腹に目をやる。「昔は痩せていたのに、今はおっさんの体型だよ。メタボまっしぐらだよ」

「それもセクハラだけど……」祐二は応える。微笑む麻美の目尻に皺がよっている。祐二は妻の年齢を思う。（歳をとったな）

　麻美は床にアルバムが落ちているのを見つけ、しゃがんで手に取る。開かれたページにはショートカットの自分の姿があった。

（若いな……）赤みがかったピンク色の桜の下で、笑いを堪える自分と、その横で少し困ったような笑みを浮かべる祐二が写っている。「幸子が撮った写真」に好きな祐二の笑顔が閉じ込められている。（祐二くんはこの時から私を見ていたんだ）

　祐二は麻美の長い髪をまとめるピンク色のシュシュに気付く。自分があげたものではなかった。（似合わないな……。でも、もう二十年若かったら似合っていたかもしれないな）

（似合っているかしら）祐二の視線を感じて、麻美は不安に思う。（やっぱりあの日に着ければよかったかな。そうすれば〝彼〟は似合っているよと言ってくれたかな）

　祐二は、誰にもらったものなのか聞いてみたかった。でも、聞けなかった。どこに行っていたのかを話してくれないように、麻美には祐二に知られたくない世界がある。そのことを祐二は寂しく思うが、妻がそれを閉じ込めている限り、祐二は聞かないことにした。

「苦労かけたな」麻美の髪には白いものが交じっている。

「こちらこそ」麻美も祐二を見て応える。「ごめんね。相談もなく、急に出て行ったりして――」

「いや、いいんだ」祐二は頼りにされなかった自分を責める。

「これからは、なんでも相談したい」麻美は素直に思う。

「そうしてほしい。頼りないかもしれないけど……」自信なさげに祐二が応える。

「頼りないならやめようかな」麻美が意地悪を言う。祐二の困った顔を見て、麻美は微笑む。「また、困らせちゃったね」

麻美は立ち上がり、アルバムをテーブルの上に置く。祐二が手を差し出す。その手を麻美が両手で包み込む。

「あたたかい手」麻美は懐かしく思う。祐二が微笑む。「前にも言われたよ」

祐二はゆっくりと体を起こす。体がぎしぎしと音をたてているようだ。

(歳をとったね)麻美がくすりと笑う。

年月を経て変わるものと変わらないものがある。

でも、二人は今ここにいる。

祐二の視線の先にあるダイニングテーブルの上には、ペンギンの絵柄のマグカップが二つ並んで置かれている。(いつもの朝の風景だ)祐二は思う。(ねえ、あなたが嫌だと思うことを教えてくれないかな。私が嫌だと思うことを教えてあげるから)そんな祐二の横顔を見ながら麻美は思う。

もう、頼れる人はこの世にいない。でも、つながってはいる。

〝彼〟との思い出を抱きながら、自分はもう一度祐二くんと、子供たちと家族をしてみよう。


ぼくは君の世界のすべてを知っているわけではなく、ぼくから見る君の世界は、窓の向こうの世界であり、枠に区切られた世界でしかない。知らない間に、お互いが知らない世界が増えていったみたいだ。扉の外には、ぼくの知らない君の世界が広がっているはずだ。だけど、まだ、その世界をぼくは知らない。

——扉の外に出なくても、窓から外を見ることはできるわ。

——窓に近づけばいい？

——そう。

——どうやって？

——こうやって。

すっと、彼女の顔が近づく。彼女の唇がぼくの唇に触れる。

初めての時は、あなたからだったわね。あの時、私の中で、あなたの世界が広がるのが分かったの。だから、今度は私がする番。

縁側に座る老夫婦を暖かな日差しが二人を包む光景が、祐二の頭に浮かんで……消えた。

著者プロフィール

風吹 のどか（ふぶき のどか）

昭和39年、愛知県生まれ。

夜が地上に降りるまで

2025年2月15日　初版第1刷発行

著　者　風吹 のどか
発行者　瓜谷 綱延
発行所　株式会社文芸社
〒160-0022　東京都新宿区新宿1－10－1
電話　03-5369-3060（代表）
03-5369-2299（販売）

印刷所　株式会社暁印刷

ISBN978-4-286-26223-9